PAULO ROSENBAUM

A PELE QUE NOS DIVIDE:

diáforas continentais

PAULO ROSENBAUM

A PELE QUE NOS DIVIDE:

diáforas continentais

EDITORAS ASSOCIADAS

AGRADECIMENTOS

Às amadas Silvia, Marina, Hanna e Iael.

Aos queridos Maurício e Nilda.

Ao amigo Rogério A. Pires.

Berta Waldmann por tudo.

Lyslei Nascimento pelo texto da orelha,
aconselhamentos e ajuda na revisão.

Fernando Paixão, Nelson Ascher e Wander Melo
Miranda, pela elaboração dos textos que, de muitas formas,
aprofundaram a compreensão deste conjunto de poemas.

Henrique Stiefelmann que ouviu
atentamente minhas declamações.

«

Ser poeta significa presidir como juiz a si mesmo.

»

Henrik Ibsen

«

Quando a poesia perde de vista o maravilhoso, perde seu significado e sua justificativa. A poesia não pode prosperar em um mundo trivial e corriqueiro. O milagroso, o prodigioso e o misterioso são os únicos temas dignos de um tratamento verdadeiramente poético.

»

Ernst Cassirer

«

O início de toda poesia é abolir a lei e o método da razão que procede racionalmente e mergulhar-nos novamente na arrebatadora confusão da fantasia, no caos original da natureza humana.

»

Friedrich Schlegel

SUMÁRIO

DEUS É QUEM DELIMITA 251

MÉTODO DE AMAR 269

PRESENÇA DA AUSÊNCIA 287

UMA CAPITAL 299

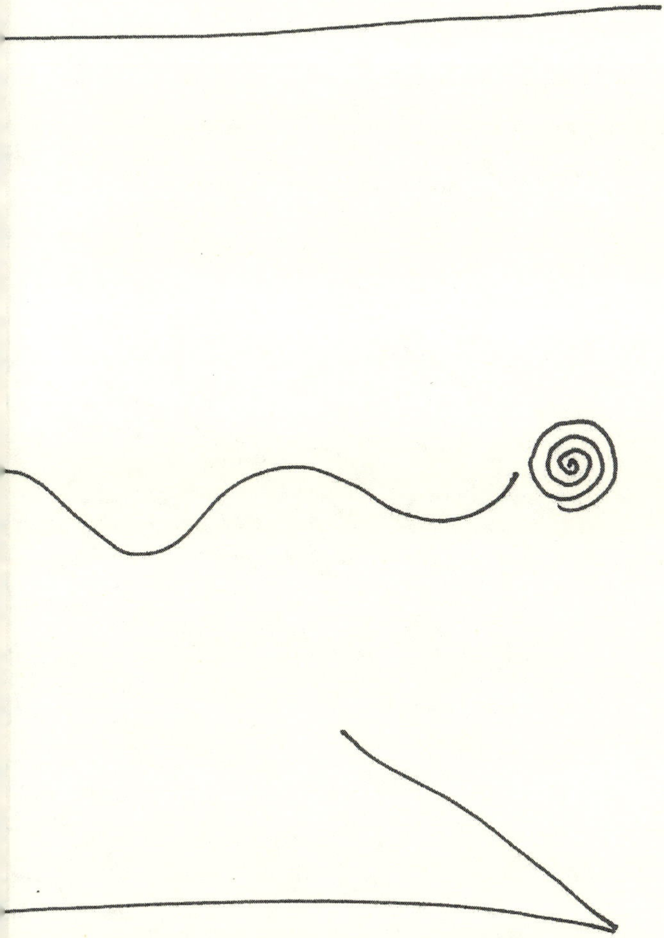

APRESENTAÇÃO

Wander Melo Miranda
Professor Titular de Teoria da Literatura
da Universidade Federal de Minas Gerais

Ao enunciar desde o início sua poética — "o milagroso, o prodigioso e o mistério" (Cassirer) ou o mergulho na "confusão da fantasia, no caos original" (Schlegel) — este livro se afasta da orientação dominante na poesia brasileira contemporânea, apegada em geral ao que se poderia chamar de "trivial e corriqueiro". A proposta arrojada supõe ir contra-a-corrente de uma dicção enxuta e parcimoniosa no uso da palavra, ao entregar-se ao fluxo da linguagem que vai se constituindo por associações ao acaso, herdeira de aproximações inusitadas e herméticas, que vão do texto bíblico ou cabalístico à tradição de certa poesia do alto modernismo ocidental, embora sob o juízo atento do poeta (Ibsen).

Como em toda "diáfora" cada nova palavra ou imagem repetida apresenta novo matiz de significação, a poesia de Paulo Rosenbaum é profusa e intensa, aberta à leitura errante ou que "erra", como diz o poema "Fisiologia da leitura na perspectiva do livro & impensáveis palavras". É como se todo o texto "diaforético" transpirasse excessivamente no corpo a corpo com o significado enquanto vitória precária e insistentemente retomada contra a separação do outro (leitor) — "a pele que nos divide".

A "garantia do inusitado" está na passagem do que, paradoxalmente, permanece como razão última do poema — ou da poesia.

Portanto, merecemos passagem
Não por mérito,
Decerto não por decência
mas pela assunção
de que somos o além disso, agora.

Ou como no poema "Brasília", em que "passagem" se abre para outro matiz de significação, que reafirma a anterior pelo trânsito do poema por um território politicamente conflagrado, pleno de atualidade.

Ai está o vão,
a rachadura da passagem,
o afunilamento da opressão
na fraude dos editais.

Esse modo de passagem de um significado a outro—quase sempre brusco e inesperado — reforça a intenção do poeta de mergulhar no mundo caótico que se lhe apresenta, bem como de nele situar-se, opondo-lhe uma forma que o expresse na sua (in)justa medida.

sobre o que aconteceu em nossos dias
uma forma de criar,
é gritar
aos poucos
a suavidade acaba
como começou

O horizonte da poesia é vasto o suficiente para abarcar uma *promesse de bonheur* que ultrapassa alinhamentos poéticos ou políticos previsíveis e se desdobra em múltiplos caminhos — "diáforas continentais" — por onde circula o poema que virá como instância messiânica da história e da sua redenção.

A paz é o dia que não se teme, porque inevitável
Vivemos adiando esse dia, que virá
Quando pescarmos no horizonte
Fronteiras sem balas

Por isso o livro é uma espécie de Muro das Lamentações — "descontínua diáspora/livro de bilhetes" ("Ode ao Muro") — que se ergue como testamento e presságio, conforto e desolação, linguagem e silêncio: palavra tornada coisa em si mesma, mas "concreto esfacelado" ("Errôneo tempo"), "linha que dobra" ("Círculos"), "átrios impenetráveis" ("A cada passo menos"), "involuntária traição" ("Dentro dos olhos dos que leem"). Acercar-se da escrita requer uma abdicação, um passo a menos ("A cada passo menos"), um retirar-se do mundo em "descontínua diáspora"—disseminação da palavra e do significado *continental* que ela vai adquirindo no seu périplo por terras tornadas a um só tempo estrangeiras e familiares. Quase para cada poema um lugar (provisoriamente) demarcado como uma assinatura da *passagem* do Verbo, sua "pele", seus "olhos": Brasília, Jerusalém, Nova York, Madri, Montevidéu, Zurique, Milão, Florianópolis.

O deslocamento do poeta por espaços diversificados configura um movimento de dupla aproximação ao que está longe no espaço e ao que está distante no tempo, apresentados na forma de "destroços do discurso lógico", como diz o título de um poema do livro. A palavra-fragmento ou a palavra-resíduo, que mobiliza a intenção poética e a tensiona ao extremo, institui uma nova configuração dos lugares visitados enquanto passagem do eu ao outro, do próprio ao impróprio, do singular ao anônimo — "assimilando diásporas":

Qual de nós atravessará
este oceano entrecortado
por vagas ondas?
Nós, que mergulhamos no junco?
Lusófonos, hispânicos, setentrionais,
ou apenas judeus sem império
(que sempre fomos)

A diáspora é uma espécie perversa ou incontornável de diáfora. A repetição do mesmo ("sempre fomos") se abre para a alteridade da palavra poética — a "passagem só faz sentido/se a permanência virar duração", é dito em "O solo de Adam". O solo que cobre a superfície terrestre e o solo executado por uma só voz confluem para a *durée* da diáspora/da diáfora como uma sorte de poesia adamítica, aquém da diferenciação das línguas e além dela, alvo a ser alcançado como aquela *promesse de bonheur* que o poema desencadeia e busca cumprir.

A poesia de Paulo Rosenbaum se joga toda nessa promessa, como estado permanente de criação e expectativa de por vir — um juramento do que poderia ser, inerente à escrita poética, como se lê em "Sublimação":

jurei como quem não pensa
jurei como quem se assombra
jurei pelo impossível

Jurar pelo impossível é uma aposta arriscada desde o início, mas que o poeta não pode deixar de fazer em vista do "errôneo tempo" que nos é dado viver. A poesia assume, pois, a forma de um "não operacional" ("Estado intermediário"), semelhante à inutilidade — "escrever é inútil", diz em "Epimeleia" — que resta como "desejo armazenado eminência de/transformação,/letras à mão" ("Errôneo tempo"). É o quanto basta para que a aposta da poesia, afinal, seja o triunfo do poeta.

PREFÁCIO

O QUE INTERESSA CORRE POR DENTRO DAS PALAVRAS

Fernando Paixão

Quase trinta anos após a publicação de seu primeiro livro de poemas, *Impreciso emigrar*,[1] Paulo Rosenbaum volta à carga poética. Maduro e fortalecido em suas convicções estéticas, não deve ser visto como um autor inexperiente. Pelo contrário. Antes de chegarem a estas páginas, muitos dos poemas permaneceram por um largo tempo em estado de oficina — submetidos ao questionamento, à reescrita e à permanência que confirma a integridade. O que aqui se apresenta, pois, foi consolidado num longo processo de meditação.

Sua poética identifica-se com uma perspectiva que aposta na significação plena do mundo. A linguagem existe como força primeira e governante das coisas. E a ela cabe justamente articular uma fluência capaz de resgatar sinais ligados ao tempo e espaço, à subjetividade e ao real, ao individual e ao coletivo. Vestígios de uma vida latente, a ser capturada pelo discurso.

---

1 ROSENBAUM, P. DOLHNIKOFF, L. 1979. Massao Ohno Editor

Assim, dando movimento a um notável alargamento de sentidos, a poesia pulsa e joga luz sobre as correspondências, levando ao extremo a proposição baudelairiana. A realidade objetiva pouco importa, pois é o pensamento e seus imprevisíveis nexos que preenchem o olhar. O que interessa corre por dentro das palavras e não o que se encontra sob os olhos.

Vem daí o tom ancestral que anima várias destas páginas, até mesmo ao evocar por diversas vezes a segunda pessoa do singular ou a primeira do plural. São traços que o afastam de certa modernidade corrente, tão afeita aos ritmos da oralidade, para investir no desafio de criar versos em que o som e o sentido se confundem, fundem-se em um só fluxo de imagens ligadas a valores essenciais e perenes.

A pele quenos divide: diáforas continentais convida o leitor a acreditar nesse poder redentor das palavras, capazes de se perguntarem sobre a realidade e, ao mesmo tempo, saltarem para o maravilhoso e o onírico. Por vezes, o trágico. Dimensões que se misturam, sugerem imagens vigorosas, e solicitam por parte do leitor a contrapartida da disponibilidade. Inclusive para aceitar o hermetismo que acompanha certas passagens.

Como ele próprio confirma no poema *Abismo do Sábio*: "trens nas metáforas da ânfora, cânfora do poeta insano, poesia de alagada alçada, carregada de ignóbeis ervas, cujo êxito era dominar, domínio de cimo ao cume, de cume ao papel, papel de babel, babel de pinceis aos céus, céus que eram denominados alturas, eu, signo das loucuras...". O que sugere entender cada poema como uma ânfora recolhida pelo poeta e aqui disposta, trazida à superfície das páginas.

A PELE QUE NOS DIVIDE

A PELE QUE NOS DIVIDE

Inteiro-me das portas,
só para dizer, e só para você:
cada mosaico importa

consternados, capitulamos
na pele que nos divide
e, na pele que nos divide ficamos
e só por isso, nós somos futuro

Na pele que nos divide
Testemunhamos
o amor editado
em habitantes adiados

A pele que nos divide,
Prossegue num todo táctil
Nas áreas de exposição

Nela, que nos divide,
não se recusa desejos
A pele que nos divide,
está tingida de términos.

Nela, não se expira
É na conveniência dos poros
e amarrada ao ritmo,
que circulam as vontades.
A pele que nos divide
atinge velho e novo
brilhos e centros
arestas e quartetos

É nesta pele
Que enxaguamos os olhos
na luz rachada de bereshit

Na pele que nos divide,
as colinas de separação,
os trens colados,
afrescos restaurados
símbolos reatados
signos entalhados

Na pele que nos divide
Poderíamos cruzar o sol
Perder o excesso de luz
Obter o esboço de sombras

Tua mão,
atravessaria mapas, outros corpos
confirmando o silêncio dos livros

A pele que nos divide,
novíssimo cântico dos cânticos,
nos reunificaria

Na pele que nos divide
ainda não escrita
e sob tipografias cansadas
Reúne-se nos cadernos manuscritos,
Ressurge,
quando a tensão trepida

E a pele que nos divide
Creditou-nos destino
E a pele que nos dividiu
conjugou troncos.

A pele,
agora separada,
arde no amor,
que ainda expira.

TORINO
10.01.2008

NÃO MAIS INTACTA

Mergulhar
na gramatura
da folha,
teu corpo
para sobrar
num beijo
permanente
na pele,
não mais,
Intacta.

ALQUIMIAS MÍNIMAS

A supremacia da tua pele recomeça
e (perigosamente)
resume tudo.
como jarros,
tua dança inverte o nominável!

Torna todo dicionário mítico,
compacto previsível,
e, sob o cerco de grandes olhos,
operas alquimias mínimas!

És gema de sustos,
neve não fotografável,
a vontade de que a água vaporize.

tudo como num livro:
quem escreve não se vê,
mas quem lê o descrito,
jamais pronuncia o que olha.

ADEUS

Os faraós endureceram?

O que eleva tua boca à minha?
O deserto adensado?
Sublimações solidárias?
O teto dos desejos?
Ou qualquer consenso?

O sono derrubando notícias
os vinhos do campo,
com seu fermento irrelevante

sem ira,
no lamento,
ignorando,
Adeus.

SUBLIMAÇÃO

A água retrai
O mar crepita em tintas
No mundo sem acesso
Amanhãs de cores lisas

Acendi fogos sem calor
abusei dos pronomes
jurei que hoje seríamos
de verdade, uma tarde

Jurei pelos inícios
Mas não por ti
jurei como quem não pensa
jurei como quem se assombra
jurei pelo impossível

confesso, te vi precipitado
confesso, te vi aturdido
confesso, essa é uma ignota muda

Estranha lisura
desta Terra plana
o habitante lúgubre
o altivo atento
o ethos bélico

os números trêmulos
o periélio em farelos
o clima, espelho
das experiências
inconsistentes

o fragmento decomposto
o sujeito comprimido
no pó esquecido
do carvão típico

a galáxia rija
o infindo aqui
o finito além
a catacrese isolada
nos neologismos remotos

o idiota público
o réu lutante
fração insondável
governo afásico
transgressões irresolutas
novas caras, façam o básico
apareçam, absolutas.

FILHAS

Para Marina Hanna e Iael

Alegrias voadoras;
como pais,
somos recessivos.

PRIMEIRA ALÍNEA

Não diga, nem ouse, não resista,
a ordem está dada
e é essa!

e Senhor,
não pense que abandonaram
o mundo
ele é todo imperativo

é na catraca das ordenações
que fazemos os obséquios para a morte

silêncio é só desculpa
para que o universo surdo e curvo
se cale aos que mandam

a primeira alínea da pólvora é mate,
por isso, nossas mãos ainda tremem
sob a mira de gente obediente.

FALAR AMO

Com ela, o desejo suspende direitos,
Eleva o beijo à altura do destino
E a historia pode dizer

Se refez, sem matéria
Memória abolida,
censura imolada
Falar e ser amada
Trago a voz,
Contagem regressiva,
o tempo expira, não em um,
mas no somos.

SETEMBRO.2012

LATINA DESRAZÃO

o mundo se aproxima
da virtude incendiada

o solo do Reno é frio
os percursos travados
por ruídos das guerras,

Resquícios não ditos,
malditos

permanência, ausência do vir a ser
tornou-se a única presença

e mesmo que não queiras,
que faças força
(neste caso, virtude)
(cogito, por quê?)
demoramos demais
tardamos tanto
que os olhos foram inativados
sem que soubéssemos
para que viemos

O empirismo atravessou o atlântico,
E a latina desrazão do silêncio
comutou tua pena
dias serão anos
segundos,
milênios distraídos
espero poder viver
sem nunca mais ter que definir,
natureza alguma.

TUA VOZ

não será auditada
Tua voz,
sem vez
Tua voz,
sem voto,
Tua voz,
ouvida adiante
Tua voz,
junto ao ruído do cometa,
Tua voz,
não mais te pertence
Tua voz,
que era a nossa
Tua voz,
tão calada
Tua voz,
que pedia liberdade,
acaba de ser interditada.

14.11.2014

O SOLO DE ADAM

O SOLO DE ADAM

(declamar com celeridade)

I

Saudação ao pó

sexto dia,
na impensável
coautoria,
brilhastes!

se não mais assombras
a ti devemos
a infinda dívida

como toda nova força,
as maiores fraquezas,
interregnos curtos
na eternidade embebida!

Saudamos o mundo,
ainda em resfriamento,
quando o deixarmos
será em tubos de titânio

Tua presença
Não importa, se evolução
design inteligente,
destino de ocasião

Nem importa mais
se os cientistas te desdenham
ou tripudiam fanáticos
sem linguagem

Já que foste a verdade lançada
verdade lançada ao solo
Já que foste,
lançado ao solo

Tua és aqui tão hoje, como ontem
Primeiro e outrora, aqui, agora.

É tua a presença,
carbono aquecido
em carne e ossos

Ontem o Criador disse: irás
Hoje, chamado de volta
Ontem, te acusaram
Hoje, ocluem tua passagem

(o desespero tempera a raça)

seiva defenestrada
no colo da companheira,
a carapuça,

sobre a culpa,
que dizer?

Expulso, saíste
do Éden alusivo:
para enxergar o mundo
como ele é!

mundo em alvoroço
clivagens, spins ovais,
órbitas erráticas,
toda formação

teu olho testemunhou
ilhas sem náufragos
falésias sem mar
mar sem encostas
encostas sem aclives
e aclives sem homens

Vistes terras
E o nada para além delas
a não ser oceanos brilhantes
proteínas entre águas e sólidos

Testemunhaste:
o primeiro relâmpago
o primeiro rochedo,
o primeiro solavanco,
penúltimas acomodações

aos teus pés, a primeira prova da fome

a verdade lançada ao solo
lançada ao solo
foste a verdade lançada ao solo

aos teus pés, a primavera forrada de simetrias
uma única princesa, adornada pelo espanto

Já que foste a verdade lançada ao solo

Ao teu alcance, destinos fixados
Livros datados,
assombramentos classificados,
mistérios listados

a verdade correu ao solo

Em tua maturidade
sobrevieram suspiros,
belezas sem esquadros,
quadrados artesanais,
tecidos de linho
e as primeiras tendas,
habitação e ninho.

Da tua teimosia,
contra a praga da constância
e o adormecimento da paz,
nasceu o inusitado,
os insultos planejados
os manuscritos, rolos,
inscrições e interjeições
a tradição oral,
dossiês guturais
o feixe de artes: íntimas e rupestres

a verdade espatifada no chão,
a verdade lançada ao solo

II

Até imaginar
Dias e noites não contados
viviam entre nós.

As comunidades se erguiam:
cadeias, castas e pirâmides,
raças, etnias e divisões,
os encaixes, incongruentes

E tua presença, constante
se oculta na passagem...

Já que foste lançado ao solo

A grande torre, e estavas lá.
Oh sim!
Na ruína desproporcional

falaste em vão,
pregaste como insano
na teimosia da linguagem,
que ninguém registra.

Todos sabiam dos sons,
a significação abusiva,
era o desentendimento
que te esperava,
a distorção, normativa

ainda pela manhã
olhastes mais uma vez:
diante do papel
um gemido

Sem dor,
sem mímica,
ainda assim,
gemido.

Já que foste a verdade lançada ao solo

E ainda que impérios cedam torres
tua jornada vai, irá adiante

III

Ao ver a água que se organizava
e os barcos se espalharem como saída
entraste na arca sem saber,
o que esperar

Já que foste!

Ontem a confusão te lembrava a primeira noite
Impressionado com as raízes
o cabo da patriarcalidade:
Avraham, Moshe e tu mesmo!

Aos relâmpagos e aos clarões
à descida tênue e constante
do alimento emanado
Ao caos controlado e passivo.

alegria contida
na relutante gratidão
na coragem intermitente,
no ordenamento dos desiguais

Dos animais atendidos
às doenças migrantes

Dos rolos arquivados
em exultação
Por instruções recebidas
como correspondências

Tudo remonta
à perplexidade original!

Mas, muito, muito mais tua voz,
Trepidante, como olhos que não viram

– à margem da verdade, lançada ao solo

naquela noite
teu olhar entrevistou
e te impressionou
mais por exaustão,
que pela altivez

Naquela noite
Duvidastes que sendo
o primeiro homem
pudesse ter companhia

Já que foste a verdade lançada ao solo

IV

Tua mão forçava o destino!
E nas artes cresciam
Agriculturas, técnicas e medicinas

Tudo estava em ti
nos brotos insurgentes,
nos vazios incongruentes

Na ascensão d'agua
em cada odre
nas gotas memorizadas
inauguradas em tua pele,
reservatório da profusão,
feltro da expansão,
raiz do criável

Teu trajeto:
primeiras vilas,
portos, aldeias e pólvora
ao colossal malogro
da evolução.

A cultura dos pares
E a erudição das espécies
te orgulhavam
até a predação e a erosão
preencherem tudo.

Homem, lobo de si,
ritualismos laicos,
rotinas devotas,

coação missionária,
temporadas de caça.
competição arbitrária

Já que foste a verdade lançada ao solo

V

como nenhum outro fez
ou fará jamais, memória
teu futuro, retrospectiva
esta é a história

— homem sobretudo.
mas não sobre todos

Tua indignação,
sintoma
do ofício inacabável
e a inevitabilidade do final
o tempo linear, inesgotável
com arte e simetria,
estampas criadas,
e deleites à revelia

qual história tinges?
quais manchas e mudanças, atinges?
Quais tons e quais temas?

Viveste em meio à diversidade.

tochas de java,
sombra mapuches,
fenótipos sarracenos,
emblemas patagões,
fluências hindus,
e fornalhas alemãs

foste verdade ao solo

Conviveste,
na inelástica tenda de judeus
sob a implicância de europeus exatos,
na irreverência cênica dos orientais,
sobre entalhes maias,
tribalismo africano
à secura mítica dos gregos.

Sem enxergar e
e sem entendendimento,
não há — mais — sentido
ou consentimento

O vital não substitui a verdade,

a verdade arremessada ao solo

VI

Depois de todas as sanhas
A estrada te parecia um fim
Não intuído, nem estudado

Te comovias com as etnias
e antigos seres naturais não fósseis

Ainda no teu itinerário,
aldeias egípcias em luares persas
deltas do Orenoco
nos igarapés do Solimões,
tua ida, vivida entre tupis,
tua volta, a dispersão dos caiapós,
teu regresso, supremacia dos aimborés.

Tua beleza,
comentada dos canais árticos
às orlas brasileiras,
na altitude basca
à poeira de Jerusalém.

Tua face reconhecida por mulás,
Tua sombra, vista nos desertos latinos.
Tua pegada, roteiro em vielas chinesas,

Enquanto falavas,
fenícios moldavam artesanatos
quando calavas, selavas inspiração

Te restou implorar:
postergar os registros,
para escrever a carta vital
a mais curta missiva
da trajetória humana

Já que foste a verdade lançada ao solo

VII

E depois de átomos e fissões
fusões a frio e ácidos nucleares
tua estadia poderia estar,
enfim, se abreviando.

Qual fim se aproxima?
A que se destina afinal?
Até a permanência virar duração?
Tua passagem só faz sentido
como prova cabal

Estar aqui é como estar acima?

Por isso há só uma escolha, errar
Lançar-se ao solo,
tua decisão de ficar
ser coautor por intermediação
e primeiro homem,
foi a razão da tua eleição.

Na bagagem a lista:
justos que sofrem,
lágrimas mosaicas,
croquis do ornitópteros
artesanatos de da Vinci,
telas de Magritte,
filmes de Orson Welles,
imagens de Kubrik
biblioteca de Darwin,
utensílios de Fleming,
modelo de Bohr,
morada dos Schneerson,
farmácia de Hahnemann,
enteléquias de Bergson,
sonhos de Bachelard
automáticos de Breton,
tardes de Eluard
escavações do Kotel,
torrefação do Café,
acordes de Beethoven,
acidez de Mann,
inscrições de Ricouer.

A espera do que dirás
A todos teus filhos
Nosso apelo:

Refaz as malas
Pela verdade lançada ao solo

VIII

E como verdade em solo
rogamos só
que ela se recupere,
Para os que granulam no pó!

TATUÍ–NY
1989–2001

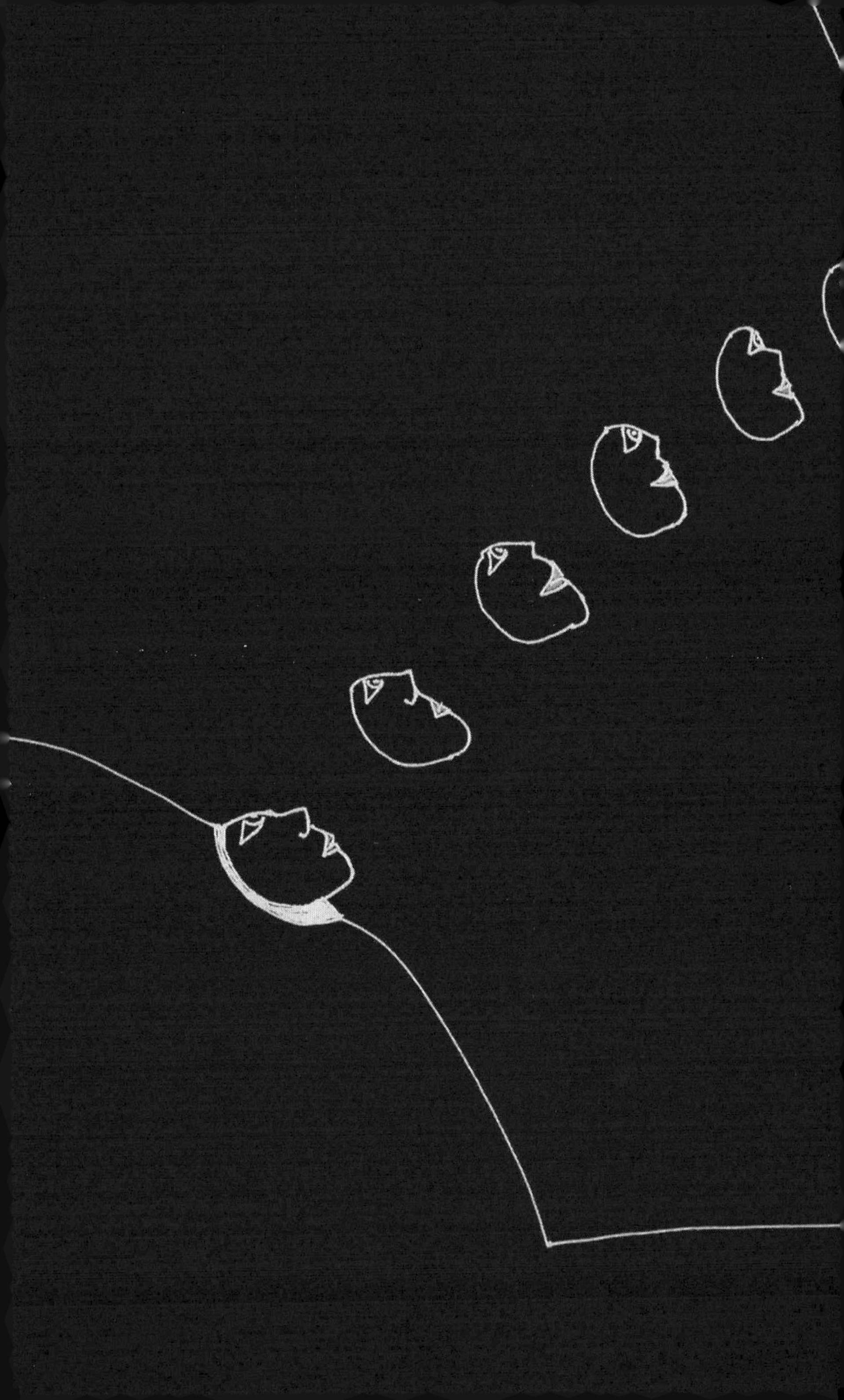

ATÉ QUE SE PESQUE DO HORIZONTE

ATÉ QUE SE PESQUE DO HORIZONTE

Ouço tiros na justiça
(a cauda da opinião pública é a mesma)
Da culpa francesa ao remorso alemão
da penúria da esquerda latina
à alienação psicótica do califado

Em qualquer direção que se olhe
O humor negro garantido
Por rarefação ideológica,
banimento da América ou
união dos sedentos por urânio

Atiram contra tudo
No inimigo chamado ocidente
Onde qualquer alvo serve ao martírio
Qualquer martírio incensa a tocha
A tocha que incinera o bom senso
De novo, tudo de novo

(interditado nos contra-ataques, ter todas as saídas
criminalizadas)
Para judeus não há defesa

E o toque da solução final, assimilação incondicional
Imolem-se cidadãos
Mesmas vidas que, na reação,
Viram migalhas no outro chão

Na acefalia dos que pensam governar
A paz não é violável
Não há paz.
A paz não é viável
Não há paz
Nêutrons perdidos
Não há paz
Assinaturas sem ônus
Não há paz
Compromissos sem substância
Não há paz

No jogral de gralhas:
Ofereçam terra
Desertem os bancos arenosos,
saquem bandeiras brancas
e prostrem-se.

Não mostre mais teus dentes de paz

A sorte da humanidade
está sendo decidida
fora do alcance dos olhos, no jogo sórdido do blefe.

Para a irmandade antissionista
nossos pastos não são nossos
enquanto estão autorizados para desfilar estrelas de David
simulando suásticas.

No cinismo dos Estados (o humor que agrada a civilização)
as mesma nações unidas que fizeram nascer, esqueceram
de condenar quem exige anulação de um Estado inteiro

"Não te concedo o direito de existir"

Pois há um povo que persiste

No convívio,
Na paciência expansiva
Na luta contra as próprias unanimidades (que inexistem)

Uma passividade nonsense é conclamada
Submetam-se aos foguetes erráticos

Os jornais do mundo cumprem
O consenso mordaz
Enquanto partidos flertam
Com o refrão: "sejam generosos, morram em paz"

Mesmo assim, meninas e mulheres
desafiam a lógica das guerras
obscurecendo a salva de bombas
entre o sol negro da fumaça
e a escuridão artificial dos bunkers

para isso não há paz

A paz é o dia inevitável, que não se teme

Vivemos adiando esse dia, que virá
Quando pescarmos no horizonte
Fronteiras sem balas

PAZ INFINDA

Tua armada nos segura
Defende-nos
Sem massacres ou massacrados.

(poetas são congenitamente cegos à estratégia militar)

O terror é caro, sem memória
entrega crianças à própria sorte
numa luta que simula vitória,
aos amantes da morte

Nós? Morremos
sem nada,
sem riquezas,
sem poder,
sem imagens.

Guerras são insucessos,
exposição de anti-heróis
tomado por destinos
Na proclamação sem fim
De velhos e meninos

Há quem saiba do que falamos
do esforço maciço por paz e rendenção
e acrobacias:
minilapsos na história da predação,

a paz infesta a guerra, que silencia

Cessação de fogos é bem-vinda
a terra não devastada pelas tribos
em paz jamais infinda
Eretz, centro para todos.
Neguev de judeus
semitas e sem etnia,
dos sem raça aos sem religião.
dos sem religião aos sem terra.

Mercenários retiram vida
Na imposição do macabro
com crianças no front,
sequestrando o sagrado
com cortinas de fumaça.

Iremos, relutantes, à luta!
Enquanto hostes provocarem mortes
na licença criminosa do prazer
treinados para exigir intifada,
martírio em troca de nada.

O amor à morte
destitui a vida
Iremos ao confronto
Sempre que parques da ONU
estocarem foguetes

Sempre que
creches forem berços de projéteis
ao poder que perdeu o controle.

Enquanto habitantes imaginaremos
(ou sonharemos, pouco importa)
Em modos de resistir aos novos pesadelos.

NUNCA ESTIVE EM TOLEDO

Nunca estive em Toledo
(nem preciso)
Para ver a diáspora
O caos da incipiente precisão

Atente que os dias predizem
(posso dizer que não gosto)
e que as escadas estão enrugadas
com o limbo do além,
a ancestral idade racista

Cervantes não esteve aqui
nem a fluência ibérica
nos caminhos diagonais do Prado
na intolerância dos artistas regionais
ou no universalismo
dos que nada definem

A imprecisão é só o começo

Nestes tempos sem ruas desenhadas
Estamos sós,
continentalmente sós
desenhados em sombras
degelados em oitavas
como qualquer República incendiada
No final
toleramos apenas nossos filhos
e as singularidades acionadas
Adulteradas hereditariedades
(como história natural
modelada pelo ocaso)

E se estamos aqui,
metidos no sal europeu
é porque o norte nos engoliu
e na vida entre longitudes
multiplicam-se farelos
rebocados pelo Grande Coletor

Até que o inverno de todas as expulsões
se apaguem diante do totem

Não é vingança,
só carga dorsal
dentes cativos
que soçobram
entre tantos outros órgãos

II

Expulsos, mexam-se
Pois as selvas se encolhem
que emigra
não pelo desejo errante,
mas do coração desenraizado
que dissipa o deserto assombrado

MADRID
28.02.2006

TOTENS DA PERPLEXIDADE

O aumento das sombras afiadas
Facas longas
Vítimas são eles
sujeitos indefinidos
do nacional socialismo
que ainda peregrinam
pelas nações do mundo,
sem montanhas
e sem diferenças.

Um mundo de benfeitorias
sem transcendência,
de laicismos sem precisão.
do fomento pela equidade

Não vi campos,
sinais de gritos
nem angústia das vítimas
mas a cada parada
e, em cada corpo e
dentro dos parques,
em cavernas preservadas
e nas coleções intactas,
a predação canônica
a seleção naturalmente objetivada
pela negação de naturalidade.

Não interessa que não vistes,
(nem quem nunca viu),
quem soprou seu silêncio
para o vapor da constância,
preferiu o trajeto das mãos
que alimentaram aqueles que dizimam.

Só saberemos quando vivermos
Sairmos dos esconderijos
da sonolência programada
entre nossas qualidades instáveis,
que estão, como nós, extintos.

Pela quantidade,
qualidade ou pelos rios sem leito.
pela crepitação da paisagem sobre trilhos
ao quadrado da distância dos campos

Não importa mais o cultivo,
mas a produção,
o apreço pelos resultados,
pelo rastreamento de objetos
a melancolia será já, protocolo superado
E a experiência romântica, sustentada em escala

Enquanto o mundo pensava na paz,
capitulada em meio ao carvão evaporado

Retivemos impulsos nos fenômenos
que ainda fazem do sensorial
a travessia que importa
Usamos a força como solo do tingimento,
como furos de flauta
que alteram sons
com acendimento das passagens,
nas presenças sem sequência.

É a curva do mundo
na atenuação final de vidas em estudo
se estamos aqui, ainda e assim
é porque sobramos no tempo exato

Porque nossos olhos
retêm o não expresso
E, como trens,
invadimos o mundo
como troncos negros

Moemos todas as cores,
para fixar nelas,
a medida do cloro milenar.

A matéria que se impõe
como referendo do espírito,
subtraindo das proporções
que agulham dias entre palheiros
atraindo-nos,
(sem conspiração)
à latitude da ilusão.
Estivemos em todos esses olhos
Sem braços para nos alcançar
noite de cristais ou pogroms.

Nomes que esfacelaram a realidade,
ocluíram olhos com a certeza
dos organismos puros,
regendo a violência do descuido

Enterraram tudo
E que fique onde está
até que a perplexidade
gere seus totens.

BAD–WILBALD
SOMMERBERG
2007

SEIS MILHÕES

I

Os seis estão bem aqui.
posso senti-los
sob meus pés,
regulares, como todas as descidas
rítmicos como gelos.
intensos como florestas

No declive de gênero
fantasiados de corporações
nos trens improvisados,
como máquinas de extração
enquanto metrificavam judeus
a IBM e a Krupp
acendiam os fornos da despensa

Do trem, digo
não era noite ou fumaça
e de todos os dias,
o carrasco detinha
os trilhos da proficiência

Não vi campos,
nem sinais de gritos,
ou angústia das vítimas

senti cada parada
cada pequena que viveu
nas cavernas preservadas
nas coleções intactas
ou na predação canônica

A seleção naturalmente objetivada
pela negação da naturalidade.
Não me interessa que não vi,
(nem quem não viu),
Nem quem soprou seu silêncio
para o vapor da constância,
de quem preferiu as mãos
que alimentam quem dizima.

Só saberemos quando vivermos
nos esconderijos desacreditados
na sonolência de nossos dedos
ou nas qualidades extintas
como nós,
extintos.

Não importa (nunca importou) o cultivo,
mas a produção,
o apreço por resultados,
o rastreamento de objetos
que com vida ou sem
melancólica será,
Aí temos o protocolo superado
a experiência romântica
sustentada na escala

Enquanto o mundo pensa em paz,
Na calma capturada do carvão dos ossos

A travessia que importa
Usa força do solo como tingimento,
E, como furos em flautas
alternam sons com acendimento
de vela perfiladas,
nas presenças sem sequência.
na curva do mundo

Na atenuação final de vidas em estudo
Porque nossos olhos retêm
o não expresso

E, como trens, invadimos o mundo com troncos negros
Na matéria que se impõe como referendo do espírito,

Agulham nossos dias com palheiros
e, à latitude da ilusão.
Aterram o assombramento

Tudo, tudo mesmo
é para que essa perplexidade
gere totens
e olhos sem braços nos alcancem
em noite de cristais, pogroms ou vidraças
nos nomes que esfacelem a realidade,
que, sem chances, observa
a violência do descuido

Mas a noite, sim, anônima
Impõe a presença
Recontada ao infinito

Mesmo que cada grão do carbono esgotado
Entupa de maturidade as nações

Achamos que,
do tabuleiro de onde estiver,
deves absorver tuas regras.

II

Para infortúnio geral
Somos um passado atento
Seis milhões nas curvas
Assistidos com a brutalidade da demora
O esquecimento do mundo
A carga excessiva
Que impressiona apenas
os tolhidos da cena

(Em Stuttgart testemunham-se monumentos
nos quais as vítimas são eles)

Mesmo à distância do meio do atlântico
Estancaremos perto do nada

Só faz 70 anos
Os campos estavam nos libertando
da vida
Enquanto a eugenia dos doutores
do partido
Subiam de incenso na mente do povo
do silêncio

Ah, estamos em comunhão
Mas, para registros futuros
jamais o barômetro do céu
agirá aqui-agora
como o esmagamento
do ali-afora.

STUTTGART–PARIS
JUNHO.2007

ODE AO MURO

Um só mundo é
incapaz de controlar
inútil para executar

Para entender,
que o muro excede
revoga a insolência,
refaz toda grafia comparada
além de nomes vindos,
sabe-se lá de onde

não importa quem te chama
o muro te virará ao avesso

E na composição
natural das encostas
irritará a superfície
apagando rachaduras

muro, elaboração assimétrica,
estrela do desnível
caverna de horizontes rugosos.

Muro, poço,
no qual todo habitante
defende-se de sóis parados
em códigos fraturados

Muro, descontínua diáspora
Em livro aberto, bilhetes,
com missivas nunca enviadas
em respostas pouco contestadas

JERUSALÉM, KOTEL
16.01.2008

ASSIMILANDO DIÁSPORAS

(para todos os expulsos)

No medo da devastação,
nenhum dos que dizem ser, foram.

Na espera das naus restantes
zarpam embarcações,
destinações ignotas,
em marés insossas

Qual de nós atravessará
este oceano entrecortado
por vagas ondas?

Nós, que mergulhamos no junco?

Lusófonos, hispânicos, setentrionais,
ou apenas judeus sem império
(que sempre fomos)

Fincando pás
em cada dobradura latitudinal
chegaremos a confundir-nos com os outros
ignorando se já teríamos identidade?

Com peles distinguíveis,
como alegaremos que não sabíamos,
renunciando?

Enquanto tudo se desfaz no concreto
acirrado pelo eterno retardo da gentileza
viajamos como pólens de itinerários erráticos
homens com breviários lunáticos

Semblantes memoriais
que, já,
nada expressam,
a não ser a cor indefinível
de atalhos arenosos.

AUDIÇÃO ETERNA

Teu sol é metade,
da tintura do jade,
tua sombra de ossos expostos,
à inexata brancura

Teu fá íntegro,
teu dó, olho que irrompe
nos solavancos da luz!

Em lá menor,
repões nos céus,
o brilho roubado
por aqueles que te perseguiram!

ANJO DE JACOB

Quando anjos lutam com homens,

Um sonha, outro luta,

D-us quer que
homens e anjos
possam se enfrentar
em suas desigualdades.

Quando sonha o homem
anjos retocam os reflexos
movendo punhos.

Quando sonha o anjo
alegra-se o homem
imaginando mundos

Que se ovacione
o descanso dos anjos.

Quando acordam sabem
que nas lutas entre desiguais
não há triunfo ou pódio.

Só egressos da vigília terminal
Como quem sabe o núcleo das viagens:

desemaranhar-se

LEVANTE-SE, GUETO
(para quem lutou em Varsóvia)

Aprendi, não sei com quem,
não sei quando
qualquer retiro,
será bom
desde que espies pela noite
o que lá não está.

Não sei quando,
muito menos hoje:
vi sóis desaparecidos

A esfinge cansada nada falava
nem por isto fomos reconhecidos
assinamos armistícios,

os homens cegam a beleza
com absurdos discretos,
excentricidades fugazes,
fama ou decreto

Não sei se hoje,
nem até quando!
erodidos pelo excesso de sentido
nos olhos exíguos
nos sonhos, que pressionam, ambíguos

Não sei se agora,
nem até que ponto
nos guetos tchecos,
recebemos ricochetes, guetos e dialetos.
Não sei mais,
se haverá um dia
Heróis servem,
E nada os espanta,
de que adianta?

Não sei se já
ou nunca mais.
Jargões precisos,
sobem ativos
em ritos concisos
milícias sem ordem
cessar fogo centrado,
estilhaço averbado

Não sei se agora será,
ou já fomos
registro incerto,
escrevo na noite,
estampido seco de perto

mapeamos o decálogo
cada silaba desceu em espiral,
como alimento legível
de carne e ruinas
em leito terminal

Não sabemos agora
se o passado sonha com futuro,
se há insônia
se nosso levante amealhará
a insurreição
ou seremos descobertos.

último dia, agora há certeza,
tudo que sabíamos desapareceu
desconheceremos o amanhã
para logo mais sermos
tardes para sempre

DIÁRIO DE NOITE NA RUA NEW OLIPIK

Responsa do Eterno

(para Nachmann Ben Wolf)

só posso ouvir o dia
nas noites
noturnos são gatilhos
de engrenagens
que nos varrem

só posso saber de ti
se houvesse um quintal qualquer,
qualquer um, desocupado de gente,
mas tudo, decisivamente tomado

só posso trincar o gelo se houve leitura
mas tudo esteve atado
a biblioteca estalava de papéis despedaçados
cadeiras varavam janelas.

só posso medir o gueto
pelo volume de fagulhas
de onde olho, traças,
nenhum grande inseto

só posso me mexer
na meticulosidade dos entremecimentos
nas calçadas, entre tanques em branco
sapatos e crianças espalham-se sem donos

só hoje vi a luz do dia.
da varanda oca
D-us acenava:
só mais um minuto

quando levantei ocorreu o seguinte:
só agora via tudo
as fotos regiam os meus anos,
celebrei mais esta noite
só agora sei que vivi
a tragédia uniforme

e só a infância,
é a eterna resposta do Eterno.

SOBRE SAARAS

Vento contra areia
concordância do pó
tensão homogênea,
dunas, fendas macias
banco de areias,
deslocados com sombra

Deserto,
extensão da resposta
dúvida da sobrevivência amazônica
dos peregrinos atirados
no retiro das águas apagadas.

Filetes sinuosos,
Tanger sob Saaras

Expresso desassoreamento,
repetição maligna do tirocínio,
memorável desnorteamento.

Terra arrasada
flor que se imola ao dia
encosta para passagens
num encanto de relevos
no recanto d'areia,
a mesma de todos.

Mundo, compartilho
o pó só pode ser um rosto
só pode ser da cor das crateras
que adormece os olhos dos pilotos

Decerto,
deserto é coisa extensa
sem gotas de vulcão

No final
a secura reflui,
ao gosto das tardes,
e cronometra os grãos
que castigam o degelo

deserto,
paisagem de passados
trilhas sem ditados
poesia em tiras jornalísticas

tempestades de sopros do solo
que tingem de ocre a atmosfera

no tom das caravanas,
rizomas expansivos
conchas submersas.

Não há, para ti, pináculo
Nem olhos oriundo de cores
O sol no horizonte,
Crítico, infante, aceso

O sol de cevada
na África esmaecida
saberes instalados nos caminhos
na intimidade de ex-savanas

No sal da noite
Há um lago tingido de oásis
onde habitantes anônimos
impõem-se em becos sem saída
tecendo à exaustão
o artesanato residual.

MARROCOS
(SOBREVOANDO O SAARA)
JANEIRO.2008

CIDADES I

Cidade que está n'água
Pende obliqua sob fios
Que equilibram no chão

Tens pedras que inteiram
receptoras
De imaginárias linhas

Não vi tua sombra
Nem tua sede
Nem tua língua embaçada

Vi teus exércitos
Tua capitulação alemã
Teu estado fronteiriço
Tua neutralidade vã.

Vi teus dentes
Que se assustam nas árvores

Via tua fração europeia
Lá atrás, acesa
Sem máquinas
carros, ou
tecnologia
Vi a usurpação de selvas
Olhei no espelho do lago
E descobri teu desejo

Fino desprezo
amassado nos trilhos.
tuas mulheres como
aço da NATO
Teus caças
protegendo a neutra ação

refugiados
desdobrando
tua tolerância
cercados por farpas ocidentais

Via a passividade borrada
nos passaportes recusados.

Vi bibliotecas flutuarem
na confusão histórica
dos teus altiplanos,

Vi conchas vazias,
a esterilidade potável
as contrações lascivas
dos tanques parados

E o opaco de tua beleza infiltrada
testemunho de tua permanente e
lucrativa inércia.

BERN–ZURIQUE,
2007.

CIDADES II

beleza
é plano de manhãs,
a respiração,
antiguidade
do teu apoio

FÉ EUROPEIA

I

Velho continente, descolado das letras
dormido na tumba colorida

neste sarcófago sem frutas
um renascimento póstumo

Visitamos solos
sem saber pisá-los
a não ser,
na face turística da tua fé

Na premissa gentil que teu silêncio apaga,

Fé, limpeza apócrifa de teu desequilíbrio

Fé, na omissão que enjaulou teus filhos

Fé, se há amor não se pede incondicionalidade
pois foi na tua talha escura
que se filtrou toda limalha,
na respiração dos teimosos.
No teatro de lamúria.

O reparo doloroso
às recompensas inúteis,
indenizações toscas
na sombra reabilitada
que apagou casas,
pinturas e faces,
nada renascerá jamais,
Nunca mais.

Fé, que como a dor, tremulou
na velhíssima plataforma
no reduto de poesias ressentidas
em todo canto esquecidas.

II

Desta embarcação,
posso dizer que não gosto do plano de voo

Calma para olhar
e disritmia no deslizar
já que somos inábeis
para prumo.

Se nos calássemos
seríamos menos transitórios.
e a fé,
não mais pertenceria aos solos.

MILÃO
10.01.2008

ECLIPSE DE BURACOS NEGROS

Contive toda poesia
à mercê das letras
fixado no tônico
iludido pelo áfono

Na espera de combustão,
No horizonte de eventos
alcançamos as beiradas
soleiras cansadas sobem
no ritmo das explosões

desconfiar dos cardinais sentidos,
desafiar arcádicos e concretos
rejeitar românticos
morar em silos literários
remoídos pelo vento

O tempo é cômodo
Faz passar nos gargalos
areias estranguladas
em ampulhetas assoreadas
enquanto o achatamento cósmico
desafia o crivo incauto
sorrindo das escandalosas
imprecisões do carbono.

Se destruíssemos o irregular
cosseno das estrelas
e delas não mais ouvíssemos falar
ainda sim estaríamos presos à regata,
remando por instinto.

Luzes à revelia
Alegrias sem âncora
Peitorais entrando em gangorras
E finalmente lá está,
A tensa gramatura
pronta para impressos.

Por trás das tintas,
abalados pelo foco dos sentidos
e poemas que acabaram de seguir,
em naves, como rastros de testemunhas
que imaginam traços do porvir.

TZIMTZUM

Não há estrangeiros
Somos, herdeiros

Antes de tudo
Água abundante
mares separados

Agulhas que cobriam
todos os pontos
em fontes imanentes
são grãos correntes

Dia um:
Criação da retração
Hispasthus

Dia dois:
Criação da expansão

Tarde de luz
Barulhos de deslocamento
regresso e ida
choque de antônimos

Dia três:
natureza verossimilhante
lógicas em alvoroço
Sementes serrilhadas
por fractais

Dia quatro:
tudo ali, separado.
a massa crítica teve o sonho
nomes para cada coisa
palavras para tudo

E se nada se sabia
Os nomes escolhidos
como histórias
ainda não nascidas

Dia quinto:
Parâmetros assimétricos
estalos moleculares
íons assindéticos

Matéria como sono dos vivos
Era um só corpo
Que, invisível, cria
pela ausência

Dia sexto:
Hidrogênio e plasma estampado
na interrupção remota

E agora, criado, descanso
ócio sem fim

Dia sétimo:
Depois de mundos
declarou-se que não há,
nunca houve maturidade:
o cosmos não envelhece
e não existe acabamento:
os expansores do infindável
aquecem fótons tardios

Nanomundos em sideralidade

P i n g - p o n g da matéria escura

A generosidade de não existir,
cria.

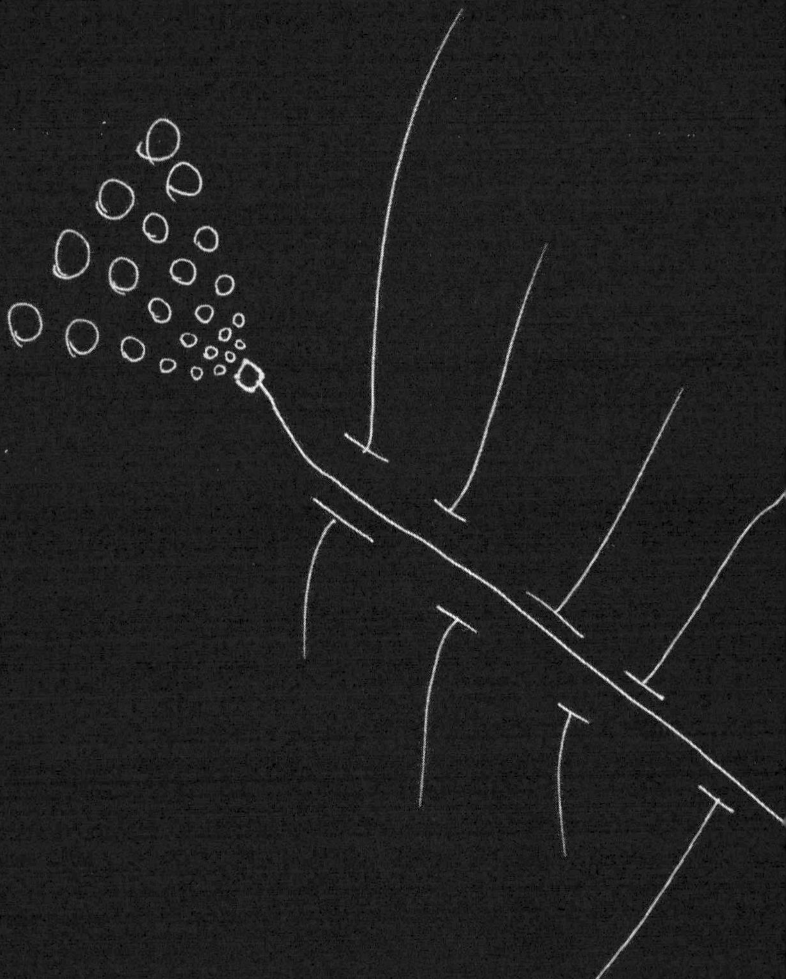

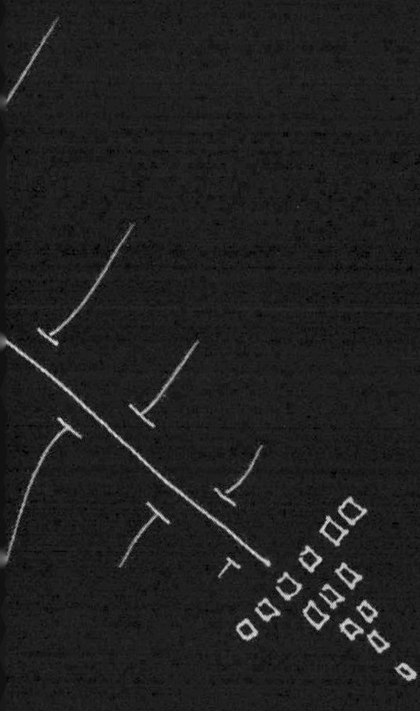

DIÁFORAS CONTINENTAIS

FISIOLOGIA DA LEITURA NA PERSPECTIVA DO LIVRO & IMPENSÁVEIS PALAVRAS

As chaves, caudalosas
Sob prata, o rio
sobre o monte

Nós, insubstituível poeira

Impensáveis palavras
Vãos e pedras
Aportam levas de assombros
claros

que mexem as palavras
rumo ao destino

Passeio informal
Fluvial, como o mar
Um hoje faz a voz
Que vem, fraca
Como estalos no deserto,
Íntimas,
como escadas mínimas

só ontem soubemos
o chão continha papéis pisados
triturados contra estantes e livros.
e, longe das bibliotecas
nossos laços,
nossos lentos atos
dobraram-se,
na morosidade das folhas,
trazidas por barcos acesos
nas ideias, em tramites
tótens incoesos

Palavra e letra
Tipo e gráfica
Papel e fibra
Fios e marcas d'água
Nas digitais mortas

os livros te olham
persistem,
como troféus pendurados,
reagem,
enquanto você, intonso
para.

as linhas então se espreguiçam
à meia luz, sem acão
Espalham-se como filas.
Espremem-se na redenção

Enquanto a leitura, erra.

TALVEZ NÃO FOSSE MÁ IDEIA IMAGINAR QUE NOSSOS OLHOS SE CRUZASSEM DENTRO DE UM LIVRO

Talvez não fosse má ideia imaginar que nossos olhos se
cruzassem num livro
Talvez tudo não estivesse assim se tua sombra estivesse
alerta ao zênite
Talvez nossos sonhos fossem suposições sobre o que é mundo
Talvez o mundo não estivesse crepuscular se nos
incensássemos
Talvez nosso aturdimento fosse descartado se nossos olhos
fossem letras
Talvez a leitura fosse automática se os poros fossem papéis
Talvez o império de convenções ruísse se falasses
Talvez fôssemos de outro mundo se a realidade jorrasse
Talvez nossa sede fosse genial se ocupássemos desertos
Talvez a Amazônia sobrevivesse se a floresta parasse
Talvez não pairássemos sobre outros se fôssemos íntimos
Talvez tua boca estivesse sobre mim se não fosses loquaz
Talvez o esférico não te atordoasse se fosses pleno

PROCURA-SE DESEJO DE LEITORES

Para lentes atenciosas
não bastam apreciadores
nem rimas exatas

Progressão, ritmo
álgebras para desfechos
Aqui estamos,
amarrados na fixação,
Perdendo para a comoção

Grafa-se, como alternativa
Grafa-se,
A esmo, na distância do não narrável
Grafa-se,
Na altitude profana da matéria
Grafa-se,
Como nascimento
Grafa-se,
No lento torneamento
Grafa-se,
Em mímicas abduzidas
Grafa-se,
Sobre tinteiros abandonados
Grafa-se,
No XIX como no XX
Grafa-se,
No tempo, ornamentos
Grafam-se,
Apocrifamente e sem dó
Grafa-se,
durante borrascas

E, no gráfico das composições
desaparece o grafado:
e o ponto reine nas criações.

MONTEVIDÉU

DENTRO DOS OLHOS DOS QUE LEEM

Dentro dos que leem,
Percebe-se o reflexo do papel:
e não, (como se supõe)
a indeformável imagem do escrito.

Toda leitura é involuntária traição,
tração temporária
que apaga traços críticos
para emular intérpretes

Saberíamos da casualidade
que reuniu civilizações em torno
d'uma mesma tocha.

só nestas bocas
ocorrem gênios,
parecidos com D-us.

E eis que estamos aqui,
sós, nus, suspensos
aos pés da informação essencial.

Até que toda redução seja detalhe,
e a vocação do livro
Re apareça.

ROCHEDO

Rochedos te olham,
molhados
rapto de nós
repente de naus

Estás só,
Só, na imprudência técnica
Só, no enfrentamento das ondas

Oceano que suplica um torno
quando bate na rocha
levas na vaga, o desgaste
como todo encanto, vicia
ri, como os istmos
na rocha íntima
no solo dado
que a tradução
embarca como leme
e na matriz dura
encosta de encostas
diz, da tua frieza
é o polo, como o som
daqueles que soletram
em alfabetos ignotos

bétula de letras,
sopa de frases,
sentenças impensáveis
que os cordões ostentam
na rachadura do sal
as névoas fazem do cotidiano
seus pianos afônicos

Até que na véspera
a luz que estudavas no céu
entalhou-te um registro

Na praia gelada
corriges a confusão
e enfrenta, como condiz,
os desafios de frente

No ritmo dos dons
o primeiro motor
e lá está, móvel.
oculto à nossa presunção.

O albatroz do poema
Firmou-se,
sustando refluxos
nas escavadeiras da gravidade

Perdoas à revelia
os poetas ciumentos,
até teus dias demandarem
Antes que digam,
parem.

FLORIANÓPOLIS
05.09.2005

DESTROÇOS DO DISCURSO LÓGICO

o maior mar inscreve-se
(nem a lógica percebe)

No lugar do rigor irracional
a tragédia sinaliza abusos
enquanto a eloquência
verte comédias.

Às mãos, escritas insensatas
forçam à luz
concisa imaterialidade
realçando partículas
de ligações instáveis
como na água

se as forcas tivessem olhos,
já teríamos vencido,
os degraus febris
nos pulsos,
fraccionados,
e inconscientes.

Por favor,
(e isto é um pedido)
detenha-nos.

Quanto mais areia descobrirmos,
menos mar teremos

Os anéis da submissão tremem
falésias suprem réquiens.
arrastando ruínas às estepes do nada,
pois,
quem cria
supera toda origem possível.

INTERRUPTOR DE HORIZONTES

acendes/apagas

Luz ocupada
recortes da terra
Não és neutra,
Nem neve eterna
Não és imortal,
Não és cume.
Nem relevo ausente
Só gema do sol
No poente preemente

CONGRUÊNCIA

Terminal

Enfado

Simétrico

Concreto

Temos fachada

Mas o inverno

Curto, como nós,

desce, com a precisão do sol

e quando as congruências somem

eis desgoverno sobre tudo.

VÁCUO, MATRIZ

O corpo
executa o som
na vibração dos entalhes
na laringe dos sopranos
na voz dos detalhes

Intuição de palavras
sintonizam no ar, estáticas
descem ao equilíbrio fóssil
em ilhas temáticas.

Jogos lexicais:
sintaxes exíguas
hexágonos frontais
tremulam nas línguas.

Sons destinos
Distinguem-se,
do silêncio

Na respiração
Oxida-se luz
no ar de entradas,
o vento das entranhas
que atravessas, estranha
hidratas o carbono
que te impele
contra o pó sedimentar

II

O cérebro se funde
Tipicamente inacessível,
insiste sobre nós,
outrora, aos prantos
éramos ínfimos

Ao tecer tudo,
No ângulo atípico da célula,
estamos em regresso
no ar captado
enquanto mártires,
rotulam alvéolos.

O ouro impune
assombra os vasos
do mar de dentro
no coração sedento, o músculo cético,
ocupa o mundo hermético.

Coloração dos planos da vida
Percurso de carótidas
mapas que vertem rubro
de artérias caóticas,
súbitas.

A atenção te pede silêncio
Enquanto o mundo
crê na remissão!

o canal conclui
a saída,
perde infinito
esforço e gozo
que erram, sonoros.

Aciono ossos
tensão das fibras
tracionam o mundo.

Saúdam a modernidade
cobrando interpretação,
sintoma de sobrecarga
de intérpretes.

Cinemas incendiários
Excesso excelso
E a luz perde ação

No país cortado de céus,
Altura de 10.000 pés
Na brancura cegante
Nas ondulações do rádio
Na cópia compulsiva
de todo dia

Tua casa encerra, passiva,
o domínio de narrativas

Torneamento fluvial,
tato gelado
tremula nos arredores

a febre fomentada
no guache das enzimas
na coloração das aquatintas
em camadas superpostas
como redes de jataís
que te devoram por dentro
como o decorador que limita,
sem imitar a perfeição

III

Mística reformulação:
o habitat me ofusca
na sede da saciedade

Soluços de linguagem
devorando iluminações,
arautos da dúvida
uma vocal idade da razão,
assopra

Em certa profundidade
Não há instrumentos

Dois dedos de canais abertos

sob a nau em palavras
sobe a plataforma
descarrega o arsenal químico
em ritmo de buffer
na compulsão das palavras
que assimilam objetos

Vibração que,
aos voos, agrega
texto e textura

Sem ensaios,
Sem críticas,
Sem crises,

Não seguirei remando
Não soletrarei poesia
Nem métricas recém-nascidas,
no abuso de agudos
no diapasão das cinzas,
desisto,
na extinção da modernidade

Românticos
expulsos de naves travessas
concorrendo por estruturas avessas.

Enquanto destinações celestes,
coroam rotas
em mosaicos amorosos
Que descentralizam governos.

chegamos
oscilantes,
ao mundo da ação
agora, o resto é destino

OUTUBRO.2011

VAGA NAVE

A CADA PASSO, MENOS

O centro, telos dos começos.
O raio, figuras matemáticas
de perímetros seculares.
Imagem como antítese.
Torpor contra vigília.

Inofensivo Dédalo
assombrado por labirintos
deslocados pela estática do mito

Legiões de fiéis sob vertigens,
passagens aguerridas

Assombram a história
com fetiches
e repetições.

A cada passo
Reedições estéticas, saturadas
de gravuras nunca expostas.

Sem centros respiratórios,
só guelras ansiosas.

Pulsos simulam instabilidades
radiações selvagens,
saturadas pelo carbono.

Matéria, reduto do único selo,
solário de circunstâncias
aquecidas por aquedutos régios.

Em cada passo,
hidrogênio abundante,
raios de quarks,
cascata de fissões,
explosões minúsculas,
e máculas físicas.

A cada passo,
Peso, menos.
cada sopro,
pináculo dos ventos,
e deduções proféticas

Átrios impenetráveis.
palavras empilhadas
até o topo.

cada passo
há menos

recusa de sistemas binários
na matriz de espelhos refratários,
pisos de mármores em perpétua combustão,
entre livros encadernados por Adão.

MEDIDA DE TODAS AS COISAS

enquanto praias fervilham,
cansadas de serem pisadas
o maremoto superficial
remove e emerge,
drenando sais em redes intactas.

sem tocar no delírio
dos transeuntes,

sem transigir por mortificações
de renegados,

Sabe os peixes oriundos d'areia?
Não têm escolha,
não há condição,
só decretos

assim persistem
dúvidas não respondidas
sombras recorrentes,
perfis apagados e
contrastes inexistentes.

Vigiam-se à espreita e
vivem para alegar sensatez.

jurando evolução, adaptam-se
na omissão.

telas de conexões notáveis,
abalos centrípetos, e repentes épicos.

desvio arrítmico,
na escala musical de recém nascidos.

Atentos, agora sim, à passagem dos cronômetros medindo
coisas apagadas pelo trajeto.

Enquanto isto,
Boceja-se o sono terminal
da ausência de tudo
e
na presença-funil
dos acordes cativos
que decoram o espaço
com cenas inacabadas.

IMPÉRIO DE VOGAIS

A música resumiu o cinema
na plástica dos mundos

um sumário
de sínteses banidas
ejetando-se no ar,

somos impérios de vogais,
camadas
de vírgulas
letras vigiadas por símbolos.

Hoje mais nada se ouve.
além de esculturas
rodeadas por argilas
que acordam autores,
tingidos pelo barro.

Todas imunes farsas
noturnas,
recicladas por legiões de
acéfalos impunes

Na direção dos mirantes,
rodeado por hidrantes,
Surgem oráculos em explosões sígnicas
apagadas pelos omissos

Por isso,
instantâneos são impensáveis,
e a busca,
locução impossível.

VAGA NAVE

nos sistemas solares,
paisagens sem fim,
castelos larvas de Io
gelo de Europa
buracos em Júpiter
derretimento de planisférios satélites.

Intacta Milk Way,
enxofres cultivados
em naves vagas
abrigo da fina malha
de carbono disperso

Da ficção declarada
à realidade incognoscível
deslocamento na razão das distâncias

Naves, vagas,
diafragma de enredos circulares
que giram seus discos
rotoreliefs do inesperado

Se nada sobrar, enfim
De todas as representações:
restará a gênese do cosmos sem fim.

DURAÇÃO

durar na antevisão!

fleugma de secreções
cardinais,

Crepúsculos exíguos,

talco adepto na pele,
dureza frontal,
toque sustentado
pelo cânhamo occipital

ondas de láudano revoltas,
hálito lúdico das negruras

Ansiosa esquadra:
Há, em vossa inação,
violenta limalha de olhos réus.

MIGRAÇÃO

Como todo pássaro,
persegues os arcos celestes,

Em busca de que?
Imprints?
Séculos fósseis?
sede dos instintos?
acesso ao selvagem?

acasalamentos perpétuos
amadurecem
como eminente extinção.

Escritas automáticas dissolvem-se
e tambores erram, atabalhoados.

estrelas ativas:
gigantes vermelhas
e tantãs anãs

nuvens e setas
sopram bicos

Eis a visão de cá, da terra:
sombras móveis,
natureza séssil
destinos impenetráveis

Nos últimos resíduos
de ousadia ôntica
a pólvora ainda não refez a matéria.

CALEFAÇÃO DO SILÊNCIO

no desespero da extinção,
corpos evaporam,
na calefação do silêncio.

mares reduzem vozes
à sombras volantes,
visões móveis
no areal fixo.

Choramos,
em clareira de abismos.

Assustados e aflitos
na incomutabilidade das penas,

são as ilhas,
de poemas sobressaltados
cravados nos tecidos prostrados,
de corpos aspirando colisão.

O falado
Não muda a compreensão
do nunca escutado
e as asas não repousam mais
(tropa de anjos mostram retorno imediato)

Sobre os pés,
fincaram esboços, terrestres
e sobre as cabeças
planícies claras,
rupestres

e, nestas frações do sono
borramos o tempo,
com a felicidade do abandono.

CRIAR, GRITAR AOS POUCOS

sobre o que aconteceu em nossos dias:

uma forma de criar,
é gritar aos poucos
a suavidade acaba
como começou

Dizem que aqui estamos
na construção coletiva
do tempo linear
até que os sons acima
lembrem-nos: nascemos
para refletir, não absorver.

Não apagamos as luzes,
acuse
Mas, se te disserem:
Culpa,
Recuse!

ALEMANHA
FLORESTA NEGRA
2007

ERMOS TRIGAIS
(para Vincent)

proporções renovadas
no caule das imagens,
lanternas inesgotáveis
de orientes

e sobre os terminais
contemplado e contemplador,
adiantam elos no gerúndio,
outorgando aos homens
a cisma do instinto.

Empilhamos liberdade,
cessamos aprendizados.
deixamos migalhas incendiárias,
e faíscas térreas, esquivas

Lugar infinito
no colo do oceano,
fragmentos do solo
torneados por sombras à meia luz

Manifestos de danças,
minando o absinto da taça.

Que cobra dos rios
a origem negada pela correnteza,
rasgos de plantas
imantadas pela visão acesa.

Onde durmo
(e não acordo carne)
e o oh! dos sonhos naturais,
beiram as dunas de cromos anormais.

tragédia em termos finais,
nestes ermos trigais:
jazeremos imortais?

INTÉRPRETES

A ti, que reveste os olhos dos interpretes.

Crianças cortam o ar
Na textura
do tecido ilustrado
por excêntricas realidades

as cascas do sol
emparelhadas na luz
assombrando dourações
em livros de nervuras perfeitas

Eis que os eucaliptos,
como rios, integram o fundo das telas
e surgem ininterruptos

Eis que uma malha de nuvens lentas
corroem e destoam
os horizontes de terras,
náufragos da rotação

Eis que a realidade
é borracha que apaga rastros
fechando pálpebras conclusivas

Eis que o solo pisado
é terreno comum
de palavras imputáveis
a qualquer
Um

Eis que a descida solar conta mais
que a madrugada
E que a noite é outro dia
para forrar os pés

Eis que a realidade fixa
cada permanência
para nos deixar claro
a idade do real

Eis que os conselhos, como sombras
rompem a privacidade da solidão

Eis que os nexos sagrados
são infinitivos em transição

Enquanto palavras
negam substância ao que existe
Eis que saudamos toda assimetria
Estar aqui, já é outrora

JANEIRO.2005

CÍRCULOS

Rente ao linho
Linha que dobra
Na crossa da agulha
O dobro do círculo

Nas curvas do incêndio,
corações velados,
que sem véus
forram as estradas

Retas descem
na dor sem aclive
impondo passados
sem saber
que o multiverso
andou se descolando
dos geômetras

Ao mesmo tempo planilhas
rigorosas de astrofísicos
giraram na mesa
drenando poesia
com cal sideral

BONS ESTOICOS

Esquivas dos sóis,
debruçados pelos degraus,
nas palafitas,
na persistência da invasão.

nada está assegurado
apenas aquecer as mãos
fricções
para acúmulo dos dias.

A advertência aos moventes:
toda meta é desvio,
exaustão calculada

Perder alguém
é caricatura
perto da falta
que faz.

Nostalgias antecipadas
para sabermos que não há nada seguro

ainda,
no meio tempo
ouvimos poesias,
enquanto nos bolsões de miséria humana
sobram ressalvas de lamuriantes,

pero nosotros,
como bons estoicos,
brilharemos no futuro.

NEBULOSAS INÓCUAS

Forquilhas solares
em tua pele cravejada
de abismos noturnos

Sítios de fendas lisas,
e pálpebras oblíquas,

manchadas
por nebulosas inócuas.

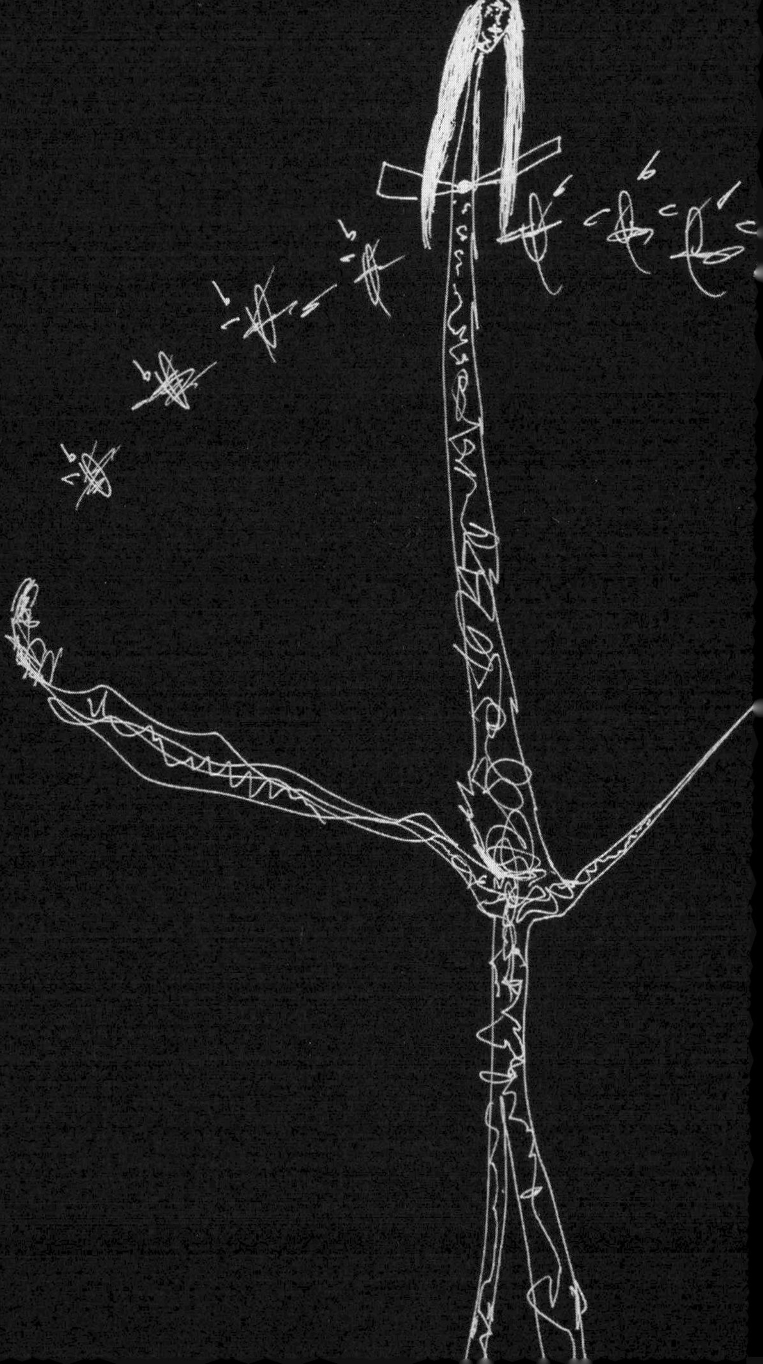

TERROR DO OPRESSOR

TERROR DO OPRESSOR

Lava-te agora com o precioso cânhamo
Do teu poderoso homicídio
Tão forte a gosma da corrupção
Que jamais enxaguará teu extermínio.

Se censurar foi o teu meio
E conceder-nos matança
Foi a tua redundância.

Não haverá um só meio
Que não conheça a revolta, o centeio.

Explodindo teu glutão palácio
Ferveremos tua antinômica condolência
Abençoando-te com tortura sem violência.

O abuso nas tuas insígnias
Não é a estampa do horror,
Mas a forma como compeles dor.

E teus fiéis servos perpetuam
Tua doutrina mundana
Imprimindo a consciência tirana.

Faremos ainda com que cantes
A infinidade de nossos levantes.

E a tirania da tua democracia
Farás apenas com que murmures
— Sim, o poder com sangue tecia,
Posto que nada é eterno pelo tempo que dure.

Quando assim vier-nos então
Teu submisso pedido de clemência,
Enlouqueceremos de euforia, demência.
Finalizaremos teu sepulcro com pó,
E te embalsaremos
Não com a glória de um faraó
Mas com a solenidade que temos.

Conservaríamos viva a tua alma,
Para que cada um expurgue o termo
Na tua imagem, o que foi teu governo.

1977

ABISMO DO SÁBIO

Sábio com arca selada, opus da ressurreição, amor que se desenvolvia à revelia da lira, insana, plana como pão, caldeira de incônscios, o laudo cavado pelo corpo e só ele tinha sido purificado pelas virtudes ausentes, redigidas pela ciência humana que apregoava o saber da ova da cria que sabia a ligação, o alto. Súbito, súditos vieram acudir o sábio que desmaiara pelos painéis que criara, arrastando filhos consigo sob a fúria do mestre, campestre que era, charlatão na neve, como febre o teve, se alçou sobre patamar de mangues estilhaçando auroras sobre as torrentes de chuvas que arrebatava a escrava de seu temporão, o temporão do seu escravo medo, o medo de seu alcoólatra vício, vício de seu hospício, o hospício de seu mal, o meu mal do vosso, trens nas metáforas da ânfora, cânfora do poeta insano, poesia de alagaçada alçada, carregada de ignóbeis ervas, cujo êxito era dominar, domínio de cimo ao cume, de cume ao papel, papel de babel, babel de pincéis aos céus, céus que eram denominados alturas, eu, signo das loucuras, loucura esta criatura senhora, senhora de si como nós, nós de cordas, cordas em cordeiros, cordeiros de pastos, pastor de invólucro ímpio, límpido de sexo, plexo de teu solo, nexo ártico, vale manchado, manchas de penas, penas plenas de obscenas renas, renas de mel, como tudo, como Babel, como mudo criado, criado ao lado do ativista, artista de boca, soprava as cores na ação, coagidas pelo ungido na

unção, unção de vértebras, vertebrada coruja lendária,
lenda de histórias cruzadas, quão limpo seria o cruzado,
que usava luvas, luva tingida de negro, negro como aquele
dia, dia origem da noite, noite de açoite, açoite de coiotes,
humano como chicotes, chicotes de xisto, xisto de mulher,
sábia de castas, casta por ser vasta, vasta por ser uma, um
por ser tudo, tudo pelo elo, elo paralelo, transversal pelo
belo, como o eixo, como deixo teu desejo, teu ensejo
Ensejo este pluri como a vida,
Desejo como pluri na morte
E ser vil como partiu,
navio teu foi.
Vai indo.
Infica,
é quão longe.

SONETOS DE ESCUNA

Escrever conveniências
e empalhar dunas,
foi arrebatadora persistência
da pluviosidade das escunas

Hóspedes da utopia
semelhantes ao servo da erva
migramos à revelia
Para o último trecho da Terra

No farol,
avistamos o sentinela
que dizia amém, duma janela
ironicamente, era a própria tela
de uma das propriedades dela.

Desembarcamos, mais um andar
— Isto é tudo que existe?
— Trata-se do chiste
Deparamos com a imensa escada
para perguntar:
— Está aí teu altar?
— Não, este é o ciclo do nada

REGULARES MANGAS

Passeio pelos relevos da mata,
procurando palavras,

Clivagem de lareiras,
braseiros entre as pilhagens
que retroagem por sucessão
na inconstância da matéria.

Encolho-me abrigado,
no teu sangue compacto,
liberados em fonemas curtos
e símbolos por vir.

Na folhagem excitada,
sons de queda no pomar,
tombos e baques
de regulares mangas.

EPIMELEIA

Ocupa-se,
de ti mesmo

Torna-te és,
vai-te.

Seda a maldição
Que as multidões
teimam em lançar,

As turbas,
que de palavra em palavra,
nas advertências sensatas,
sob amenidades de signos
te ultrapassam,
na plural idade dos espaços

a enxada que cria
texturas
ou na vegetativa ação,
entalhou objetividades
(não pensadas),
por isso:

escrever é inútil.

FLUVELUM

Quem entenderia?
Quem entenderia, que fosse de passagem?
A passagem, fosse acaso e, de vez, te descerrasse?
Se te fizesse entender que não importa
o que digas ou o que falas
eu não estarei aqui, para você, mais.
Nem menos.
Mas se a passagem não quiser se mostrar?
Isso será assim como te digo que será, tanto melhor.
Das costelas vou te dar, para esfriar.
E se, ainda assim, a passagem não for essa,
que seja, vou encobrir a esperança em outro destino.
O destino que nos foi até aqui pavio fino,
esteira morna, desvio silencioso.
(grito, pois me forças a explicar)
Olhos que não podem mais se ver, nunca se viram.
Não é o que se imagina do amor.
Mas é assim, a poesia dilata artérias.
A música dos dias máximos não te dará por silêncio,
por isso, não se canta poesia.
E, ao mesmo tempo que falamos todos,
aos mesmos, a outra metade
não, fala.
Nada
Pode tentar, ainda alcanço as últimas oitavas.

Fala, que a voz ainda dobra a muralha.
A muralha que erguemos entre dois,
a favor da precaução, desolação.
Estamos todos sem viver porque já não vivíamos,
a escolha que não é escolha.
A doçura da poesia, vintém
não adoça mais ninguém.
Serve ao rescaldo.
O fluvelum da palavra
não sabe ao que responde.
E, por isso, o silêncio é o beijo dos que não têm mais como
se tocar.
Quanto menos compreendo,
menos sede d'outrens.
Mais afastado, menos pertencente.
Até o galho da soberba quebrar
para dentro do abismo.
Aberto no penhasco,
E a escada recusar o voo,
a gravidade suspensa sem leis nem juízes
apagada do pó pedestal
sem que soubéssemos, por nós mesmos,
quem cultua quem.
E então, neste dia, em praticamente todas as esferas
em nossas mãos mostradas.
Exemplo que foi, no passado,
colocado agora
fator de sangue,
no adeus que consola.

01.06.2012

NAU ÁTICA

No obscuro está a sombra.
E nessa formidável rede de salas
verificamos uma que habitarás.

Nau,
deságua
(como fonte)
sobre os que te esperam,
para que os que ainda não nasceram

Nau, veículo do En Sof eixo
ondulas como as cores
do peitoral desconhecido

Nos leva à superfície
(que desconhecemos)
para bem fora deste invólucro.

Ver,
não ser vistos,
julgar,
não julgar,
nada possuir
nem imaginar,
abolir decisões,
jamais tomadas.

LÃ TERNA

Teu olho-facho
tua dívida-sopra

obedecer-te
em tudo,
e por nada
revelar quem somos,

a não ser aos incrédulos
além do que
(não suportariam saber)

suspensos,
inertes como o talho
que nos imprime
sensações do corpo.

nações
(corpos em declínio)
nacionalidade (abolida)
finalmente reconhecerão
a cisão entre fatores
que, num passado recente,
chamávamos tempo.

emolduraste a visão absoluta
(lanterna rítmica)
As últimas fases
da Revolução e da Profecia

iluminação é a densidade do próprio corpo.

O roteiro indispensável
adensando o despertar do finn.
duvidaremos de cálculos ilimitados,
criaremos sem desafiar,
obedeceremos sem limites e
adoraremos sem temor.

Até que a inconclusa voracidade da história,
Compreenda-se, sem o delírio (comum)
de ter sido compreendido.

HERÁCLITOS URBANOS

Toda manhã, entre
sois entrecortados,

o momento que sucede o outro,
momento, sucede
em
sucessivos encaixes,
cadência dos ciclos,

rio que intercala rio

apesar das prudências,

temos impressão de captura,

memorizamos as cartas náuticas.

Sem uma gota de rota

se o poeta está excluído pelo mundo,
verticaliza o Oriente,
enquanto forja a vida,
em suma, mente.

no limiar da linguagem,
desenrolados na bendita tensão,
que molha o arroz do mundo
como sempre.
é o contrário
do que se imaginava:
nada bloqueia o mundo,
as paisagens é que são duplicadas

Aqueduto intercalado
por insulas justapostas e
cajados desfeitos pelos mortos.

Nada que se move sobre a terra tem paz,
e quem ama o fluxo,
não pode venerar o tempo:
fluxo e tempo são essencialmente distintos,
para os que amam
e para os que veneram.

Mas há uma dor que passeia livre:
por isso não sejamos duros,

Só o que importa
É que não existem duas bocas que,
cedo,
beijem do dia à noite
Entramos sós,
atentos ao grande fogo
que o Céu louvado dispara.

Amamos,
e a gratidão não é acaso,
mas a gênese do ritual,
destes acessos:

a manhã é D-us,
menos falante.

DESRAZÃO DOS PARQUES

ajuntamento das folhas,
calibradas por desníveis
na inclinação de um vento espiral
que não te trouxe de volta

para te dizer o que mais ninguém diria,
o que importa é ausência
a direção em que se aposta,
no vento
nas encostas
e nas tarde apostas

A sombra bate e desvia
no diafragma da retina
enquanto minhas ações,
completam a solidão do dia.

———

Não há substitutos
E tua raiz,
molha o pão inútil

O problema do desejo?
do tônus do silêncio?
dos valores inacabados?

Todos, créditos intactos.

Na árvore e na entranha
nessa estrada de estanho
de cascas prateadas,
onde o parque é o centro,
de bênçãos, espalhadas.

os tons de cinza,
acondicionados nas cores incomuns
se vê por aqui.

As aeronaves circulam,
em curvas solitárias,
de céus corroídos.

na pressão dos desconforto,
nas línguas em desassossego,
como se pássaros
subissem a seco.

Como se a temática do futuro
não fosse a boca do homem
que cai na luminosidade
de nuvens de cruzeiro
retiradas da sonolência
no ritmo imperturbável
do trâmite das turbinas,

E a faca,
a radicalidade dos sinos
o esquadrinhamento irreal,

Large streets,
thematic avenues

Faixas desrespeitadas,
rigor incompleto
e multidão noturna na
broadway

A cavalaria e sua sanha
Escaladas para passeios
Carruagens do contraste
Manutenção do trote,
que tergiversando em pontes
tapeando nacionalidades
e chamadas ao estranhamento,
assistem embustes

Beduínos aclimatados,
linimentos do Hindustão,
casas aderidas aos tijolos,

Tuas narrativas sopraram o mundo
Informam mentiras,
ascendem aos tronos, iludem,

Os crentes de sempre,
Que conhecem minorias
enquanto nem a maioria triunfa
A pobreza perdura
embalada pela neve dura
Tardio rabino que inclinou o mundo
em favor da justiça,
na severidade regulada por passos milimétricos
(que nem tudo monitora)

Marco zero,
sofres com guerras restauradas
pois, no coração da América,
vivem os sem trópicos,
os homens incendiados pela anulação
que arrendam as cabeças
ao glossário da dor

Aquela que se traduz
em fóruns espalhados
entre praias conquistadas aos outros

Aos índios que viraram sons
às mortes transportáveis
em canoas parafusadas.

a arte é grande
e pelas portas e orifícios
sobrevive aos crimes de hegemonia
fazendo da sobrevivência dos fracos
o império da unificação dos sentidos.
a poesia vaga, a contragosto
e, como eu, sobrevive do raro ofício postal:
obstinação por destinatários ausentes.

NEW YORK
CENTRAL PARK
2009.

ORÁCULO

O leite dos troncos
pingam inertes,
acendem relevos

Caminham sopranos
em vales aflitos,
nos maremotos insanos,

algemas dos sons primevos.
fase crepuscular, densa,
de alívio rarefeito.

Oráculo,
gênese da resposta,
combustão hermética, decifra dor.

O mundo,
aterrado, esculpe-nos,
tinge a Terra, passiva,
e,
sem perceber,
somos estátuas.

PALAVRA, CAI

Não te convém
A inspiração tardia
Whitman e Éluard,
Andrades e Bandeiras
numa rua qualquer
tomam poesia
como qualidade do éter,
densidade do açúcar
em reinos quotidianos

É a primeira distorção que vale
No enxuto moderno, bom e belo

preleções inconfundíveis
da blindagem de autores
nós, imprevisíveis,
de dignidade sem perfil
não temos nada
além de poesias
que, de longe,
— são sim, bissextas.

Mas como hermeneutas de passagem
Vivemos das palavras que caem
Coletores de instantâneos
Da eterna boca da estiagem

Portanto, merecemos passagem
Não por mérito,
Não por decência, decerto
mas pela assunção
de que somos o além disso,
isso é certo.

ONDA

Escorregador cativo
Platô especular
Movimento sobre movimento
Dobra sobre dobra
Que atiça a lua
Que distrai
A atração que pensamos,
exercer sobre marés

Onda,
Alça sibilina e vidente
ocorres no corolário temporal
alvoroço de sons maciços,
que, sem destino,
destaca-se em espumas
efêmeras como crepitantes

Onda,
Alínea arenosa
que esmaga esconderijos
Pulverizando o sonho dos crustáceos

Onda,
Relutante refluxo,
Segurança das encostas,
Sucessão de desmoronamentos certeiros,
Carteiros do mar aberto!

PONTO, FAROL

Claro, iluminamos umbrais
sem saber dos demais solos
aquáticos
florestas de algas,
bonsais miméticos
arrecifes que piscam,
e a lucidez acesa no abissal,

Mas não estamos aqui parados
para movimento algum
nem fomos deslocados
por torres de corais

No farol imaculado, alertas,
signos que guiam!
estamos aqui, apenas
para apontar continentes
enquanto o facho
afugenta o ócio das marés,
alumiando, como cones,
caminhos que ninguém percorrerá.

TIPOLOGIAS

Toda tipologia é obsoleta,
Por favor, classifiquem-nos.

BRASÍLIA

Espaço pênsil
entre cidades,
sem leitmotiv,
tua pele viciada
com véus e talcos
em tálamos inespecíficos,
atormentados, coalhados
teus transeuntes passados

Na cultura,
a oposição, tensa
sonha o justo,
enquanto são nossos ossos
que ostentam as alturas
das eminências

hoje, culpa inata,
inocência violada

Mas atenção:
A paciência transborda
no centro do planalto,
o cetro de araque
palácios, jaburus dopados

Ai está o vão,
a rachadura da passagem,
o afunilamento da opressão
na fraude dos editais.
que país foi este?

BRASÍLIA
01.10.2005

DESMANCHE DE POEMAS

o destino nos colocou móveis,
motivados pelos desvios.
isolados pela corrupção,
de tudo.

estamos suspensos,
enquanto os deveres inexistentes
fincam os pés
no óleo esgotado

do desmanche de poemas.

BRASÍLIA
14.05.2008

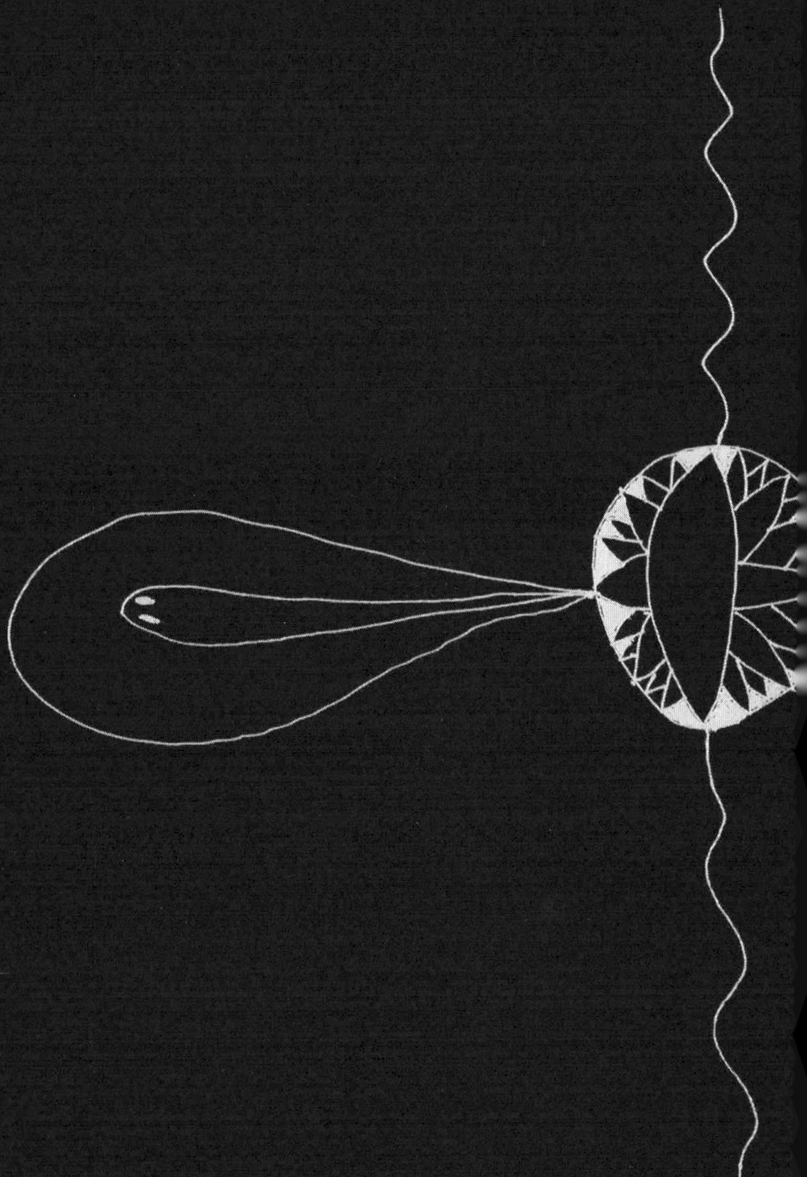

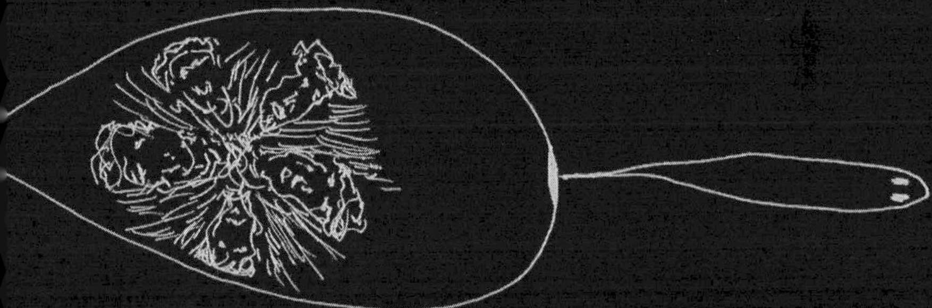

GERAÇÃO DE NEURÔNIOS MORTOS

GERAÇÃO DE NEURÔNIOS MORTOS

Roubo no pomar acidental
Na barraca oriental hermafrodita

Rito ideológico
(sextenal)

Fina cor,
papoula dourada.

Ri,
das flores maléficas.

Ri,
do inexistente denunciado.

Homicídio no lento sono,

paradas curtas,

infinita dedução

Já, ali,
onde as mãos rolavam
o incêndio das aversões continentais!

VERDADEIRAS CONSTATAÇÕES

Masturbação da serenidade, uhn?

Não te avisei?

Que os comandos não seguiam as próprias regras?

Segredo-te: não há regras!

Bem te vi,

longe dos acessos primários,
beirando impotência
e parasitismo.

Pois não me venhas
com tuas falsas concessões,

Prefiro a indulgência
À inutilidade ocupacional

Ah, se as montanhas pudessem ver-te agora:
sem os braços automáticos,
sem bloqueios farmacológicos

Permaneças escondido,
e o melhor é que não retornes, nunca.

Pois nem mesmo
a rarefação das tuas lágrimas,
deslocará nossa força
ou nos regredirá à amnésia.

ESTADO INTERMEDIÁRIO

Sei que sou irreal
E que as plantas e os planetas
(as plantas dos planetas)
Não existem

Porque nelas eu estou,
e eu não sou real
O estado é intermediário
O estado é interme(d)iário.

O diário é mediado

Não há palavras ou escritores
(a matéria nega-lhes a alma)

Não há matéria

Em mim sou eu e todos nós não somos
Sono e luz nada têm em comum
Ambos pesos relativos
à existência

O estado é diário

Como podemos ter coisas em comum ?
(nesta descomunal maneira de existir)

Como podemos ter coisas em comum
Nós e a Terra?

Nós não temos pedras
Não nos têm, as pedras

Não há maldição, nem bruxos
e D-us é voo sem direção!

O estado
permanece intermediário.

Em dois caminhos,
que, opostos, anulam-se.

No vácuo,
o não operacional.

Olhos existem nos navios?
Por que poesias acósmicas nascem?

Nosso estado intermediário:

o antieu não pode existir
porque não existo

1977

NOVO ESTADO INTERMEDIÁRIO

Pois o mundo rasga o chão,
o trema, o motor de hélio
a leveza das tochas,
a soma vingativa
e o descompasso perfeito.

Desvelas e resvalas
desaparece num embolo,
na citação das massas,
nas migalhas das muralhas

Intermediação,
e, mais desta vez:
o estado é intermediário.

o estado é intermediário
por índice e transição,
por trâmite, incidência e fecundidade.

Faíscas se impõem
no hiato da desatenção,
na fachada dos distraídos,
amigos ameaçadores
e assombrações íntimas.

A proteína desafia,
E alimenta a vileza,
da seleção natural.

MAIO, 2008

IMPRECISO EMIGRAR

ninfas são linfas nômades cuja peregrinação é ignorada

Dígito metabólico,

como antes de todas as novas combustões
eu revirava-me por completo,
incerto da hora em que as loucuras se desencadeiam,
misturando as revelações simbólicas;
tornando medidas, todas as contenções
símbolo sem produtos

sub-seiva do que nos percorria
o céu,
entre a visita de tempo

(ingressando à térmica decisão da antidialética)

Impreciso emigrar
Porque quando um dos teus lábios foi vital, sonhei-te
aberta da tempestade
umedecido pelo termo
de adorar-te
Quanto mais um dia, foste-me
Era impossível preservar
e abastecimento de reflexos que teus olhos reproduziam

(Van Gogh desmaiaria)

E eu, como hoje
faria a nova sub erosão nas células
ou repetiria continuamente a água e o limo
que teu muro evidenciava

Mártires pelo não
Glóbulos efervescentes
suor
difusa aglomeração
O Espaço índigena
era atemporal
(curva dos lapsos)
(redesestruturação dos conteúdos)

Magia (comum)
alquimia gradativa
geometria da evasão
um sexto foi o suficiente
para a incoerência permanente
olhos
imagens
ruínas genitais
etílica substâncias de desdobramentos

Olhava-te
(sucumbindo às propagações das vibrações descentralizada)

Mais
(como sempre houve)
Não há necessidade de mudar
Permanecerei aqui, assim
inorgânico e contemplativo
meditando nos conceitos

Mais
(como nunca houve)
(amenizador da constatação da inocência coletiva)
Mais
véus retalham a verbalização da energia
onisciente
pura, como destroços predatórios
mas nunca como os antipoetas,
conduzir-te ao vácuo

(amo-te além disso tudo)

Dia lindo como a ninguém
pareceu-me
encontro vaporoso de nossas assimilações

VULNERABILIDADE

(ver teus olhos coloridos pela água e
empalhadas com a cor do céu)

(descobrindo o sentido dos teus braços,
deslocados pela gravitação)

Mais (haverá)
perplexo pelas impressões
de delírio exaustivo

Dilatação
(os buracos negros como pupilas)

Mentira
(o estado de delator de veneno emanado pelos destiladores)

Mexer-me será extraditório
(ou exílio astrofísico)

Mais intenso
tudo
como mais cobaias submergissem
sentenças distais
mesmo infinito

Menos tarde
(e hoje não haverá tempo)
Quando de novo
rabiscaram-me
não entre formas ou unidades absolutas

gema absorvente

teu rosto contraindo-se
mistificando o que se tornava presente
equivalência
entrando sob tua cromatina

Ponderação pelo teu respirar
Jogando
Meu sentindo esguio,
Inerte

Manso como o testemunhar
Espreita-me
o último golpe pelo teu sangue
raras possibilidade sob juízo acromossômico

Pedindo-te sempre

que rompesse o que te perpetuava imutável
o que te perpetuou mutante
o que nos perpetuaria além disso
tudo
mais impossível que emigrar
sobre a imensa proporção do teu corpo
mais impreciso que te amar

Deixar-me ausente gradativamente,
Elo Diurno
Entre possibilidades inconcebíveis

ESPECIARIAS INVISÍVEIS

especiarias invisíveis
enquanto a ciência (a nova fé)
ativa sons em marchas bélicas

o que te confunde?
somos tábuas em leis
prensadas em fontes corporais.
somos horizontes de colagens

Ensurdecedoras assinalações da neve,
nela desfizemos os traços de esperança,

Menos atentos às nossas possibilidades como irmãos, como
pais e como filhos

A cada passagem,
nos destinamos a origem
como tigres que queimam cores,
gastamos esforços com o silêncio.

Quando finalmente amamos
percebemos que somos
heranças em busca de sentido.

E, como no sonho infantil
ousadias destreinadas,
Somos contra o que estiver
por vir,
o que virá,
o que viria a ser

Arguimos os livros,
para intuir (o) melhor de nós,
servir ao Criador
sabendo
a quem devemos.

INCONSISTENTE CARBONO

Perímetros e passos sólidos,
traem aparições

— intermitentes —

Ateus e fiéis cristalizados
na imprecisão de sentidos

Alusão à efemeridade das convicções, insensíveis às digitais
dos censores

Se perdiam por cada nó evoluído

Amar é não Ter,
mais nada.

É ter-se abandonado no percurso
Nós, inconsistente carbono
Apenas o som distante e vaporizado
da sensação
de que se não pode reter
alguém,
nas arestas de espírito

A reserva humana
enxerga ficção
em escapes
A derradeira trilha
em terminais que,
de nervosos,
só tem a frequência.

É a versão noturna
de céus pendentes
(e sim, estrelas caladas)

Arremetemos
(de passagem)
contra os desvios
recusando determinações.

Esperemos bem mais
dos tons que deram formas,
a estes sóis envelhecidos

Frêmitos celestes
afrontando arquimáquinas
até que a miséria da matéria
frustre a rotina dos dias,
e o ciclos de colisão
tinjam o papel com o flagelo final,
deixando vácuos
às glórias ainda aspiradas.

NULIDADE OFUSCANTE

glórias esquecem memórias,
alternam-se incapacidades
com exaustão do explorado,
do tudo explicado
árida boca que faz o não,
extensão da Criação.

Oh relação que a loucura produzia,
Oh produção da loucura chamada relação.

Irrecuperável permanência

A duração revirando
o sentido dos consensos
enovelando ondas de enredos.

Teu manto,
qualidade inoperante dos sentidos,

vazio compreendido
entre o lago de vapores
dos olhos,
e a tranquilidade
com que as ondas de rádio
amarelavam tua pele.

SEQUOIAS

Do leito das cidades
vazam aquelas que serão
sequoias

Fortaleza dos instintivamente fracos.
em cada um dos vestígios
adormecidos
hibernam nós
para ciências novas

Cada uma destas folhas,
varrem imagens
da têmpera sagrada

Nas janelas, nas portas,
na turmalina brutalmente lapidada
prostrando homens
em amostras de sacrifício

Refazendo o espírito
esfacelado pelo silêncio dos ricos
igualdade e justiça
são naturezas conquistadas
sem vestígios de triunfo
glórias sem surpresas,
lutas sem opressão.
Cores que somem com os desvios dos espectros.

Os fantasmas que povoam circunvoluções
São os mesmos que assolam os Jardins de todo o Mundo:
Vida na superfície,
plâncton indefinido,
submersão impossível.

MANHÃ UNGIDA

Nas sombras,
Egitos móveis,
além d'oásis,
folhagens desvestidas,

não se vê mais desertos
mas calhas oriundas de chuvas

no final passos molhados
arfando à porta
quem será?
O messias ambulante?

entrou em nossos refúgios
enganando eternas guerras,

setenta nações!
encontraram perplexos sem guia

o ungido senta-se, cansado.
no silêncio que
nunca existiu

A Terra tornar-se-á realidade
sede saciada na liberdade reconstituída

Séculos de perigo dissolveram-se
a emancipação chegou,
como oxigênio
para que tudo mais seja protelado!

Todos os que desaparecem
(entre seis milhões)
sumiços randômicos

Ressurgem aqui,
em protetorados anônimos
consternando o Criador,
em órbitas de semelhantes
que nenhum vivente sabe quem é.

Ironia ou coação,
acaba-se aprendendo
pela experiência da falta.

Vida, conservamos tua memória
espalhando sentidos
e signos que exalam
a natureza do singular:

alguém que foi
quem tinha que ter sido!

NAU AGOR@

glórias em toques
dois com,
velocidade em golpes
e triunfo ativo.

Cantatas movedoras do mundo
aqueles que não escutam, continuam nos que imaginavam,

Somos menos que música.
Bem menos que ensaios.
menos que um
(entre milhões)

Mas continuamos esperando
o que não pode ocorrer,

Quem parecia se opor, capitula,
Sem facilitar a espera,
E como escudo,
Misericórdia pregressa e
Refratariedade absoluta: bem-vindas

Criaremos o pouso durante o voo,
entre asas
como enquanto andamos.
como numa fundição,
afastando-nos de embarques prematuros
e de proas alvoroçadas
Ouvido nesta manhã.
Há gemidos para ousar cedo,
E a tarde
ex-feras se deitam como seda
Para a fonte está assegurado:
livro nenhum será
emanado

REMINISCÊNCIAS DA IMANÊNCIA

Dardos pulverizam encostas,
vozes
opostas à rapidez duvidosa
daqueles que pensam ler!

No fim, espelhe.

dedos escrevem
(claramente despertos)
continuam dizendo,

não ao não

e obstinados contabilizam
míseros incontáveis
enquanto aqueles que desceram
permaneceram insaciáveis!

São os mesmos,
deram corpo e voz
às causas instantâneas
na expressão sem culpa
dos que vão adormecer.

São os que,
por caridade,
cavam antes da aurora!
E por sermos desiguais,
nossa glória repousa
nos trajetos
recuperados dos retornos.

ESTUDO

Uma cartilagem que pesa
uma vértebra acesa,
uma vida
sem pressa,
sem peso,
no Jardim do Éden
das particularidades
onde se possa estudar,
cada coisa, para sempre.

LASCAS

Eis que podemos tocá-las
ouvi-las

Entre os espelhos
do interior,
valsas marcadas,
por algoritmos secos

Trópicos ou continentes
são novelos,
nuvens descendo cordilheiras
enfrentando praias de degelo

Solstícios assombram
rompem a paisagem
em harpas esticadas
até o limite da solidez
até que a matéria exija tudo.

Diamantes acossados, escuros.
Haikais em ocidentes indolentes!
Profecias de Bergson
Cérebros descarregando
excesso de sentido

Papéis enviados ao
habitat do ar desfeitos
pulsando em esquadros
de sonhos imperfeitos

colírio da insônia
em toques indiciários,
de autoria ignorada.

ESSE FOGO

Nada trazes e é esse o fogo
Que impugna a força da maré
Ela desce,
sem sinal de movimento

12.08.2016

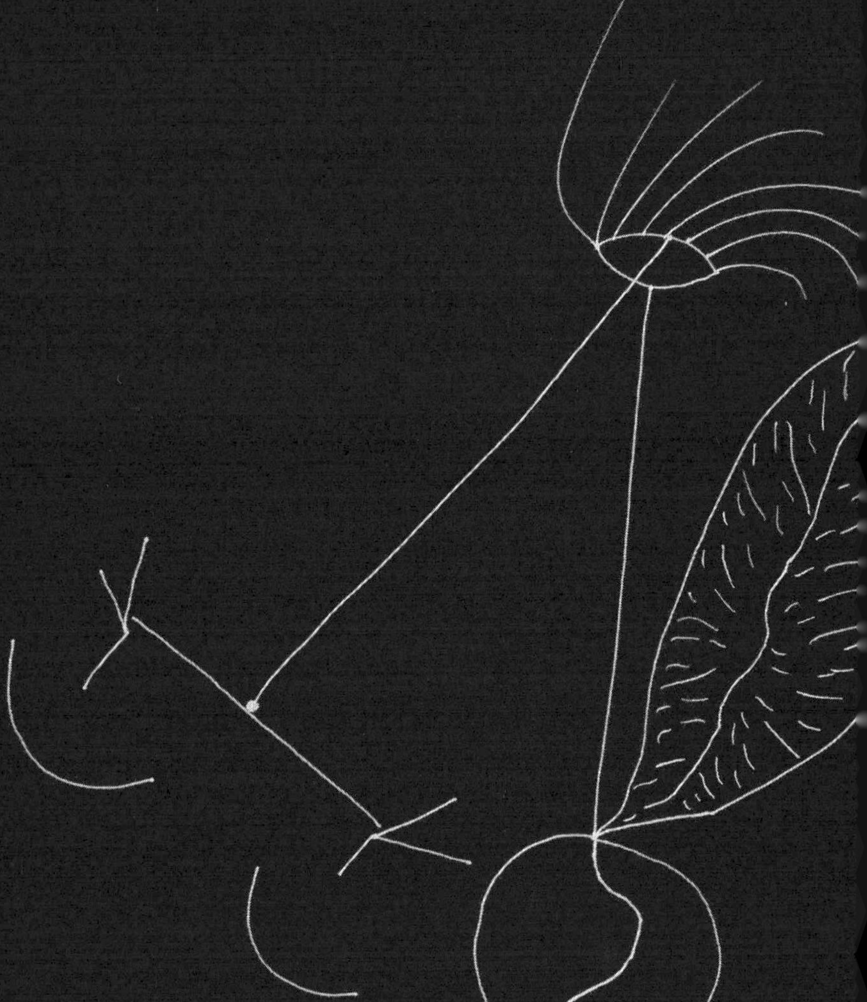

(QUASE) TODOS OS NOMES / OBJETOS DO MUNDO

(QUASE) TODOS OS NOMES / OBJETOS DO MUNDO

Ábaco
Sem os números
Clareira ampla
As tardes, incontáveis
Vida dos sons, sem partituras

Ampulhetas
Tiro de areia
Na fúrcula de vidro
Espreme-se em nós
Em cada milha
Percurso medido
Amo teu tempo, reverso
Que se distrai,
na virada do mundo.

Andarilhos
O marco da exaustão
O cabo fendido
Um espaço sem pés
Sois objetos
Sem milha e mira.

Alto
Fileiras de espaços
Solos de tijolos
Tarda em consentir
Mas ficas aparente
Como os que olham em volta

Amantes
Vírgulas nos contratos nupciais
Viraram oposição
Os filhos ocuparam espaços
Nenhum pacto sustenta a partida
Nenhum endosso suporta a chegada
Amantes, segmentos dispersos
Que se amam sem poder
E, sem poder, não há nada

Atiçador
Joga o resto da ciência
E a brasa te escapa
Te tinge
São os mesmos que há pouco,
aspergiam cinzas
Se ainda há chama,
o único motivo
é que espalhamos bem,
brasas.

Arte
Uma não sei
Mas todas,
vivem mais que Todos
Algum vive mais que um
E fumega numa torre
O que não distingue
E estamos falando de um dia
Que nada fala
de um dedo providencial pintando
Para sempre
O que ninguém mais fez:
A impensada peça prima.

Átomo
Disco sem superfície
Que enterra a matéria
e despista o que nem se divide
para enfrentar os ossos calados

Boia
Flutua néscio
Flutua ninho
Flutua pão
Afundar não

Corpo
Sem vida, objeto
Que cai na resma
Na areia cinérea
Mundo de cal
Nas covas quentes
No alivio súbito
No parque assistido
No funeral impingido

Dor
Inútil objeto
Fraqueza dos esforços
E, fim sem fim
Único sentido
É o osso em pé
Por tanto, fujo
de quem dá antídotos

Espinhos
Invisíveis e inviáveis
Sois, sangue deposto
Abandono náutico
Que apaga as pontas
Circunda as rodas
Na rosa inconclusa
que atravessa teu nome

Formas
Móbile das coisas extensas
Toxina estética que prende
Até que a coleira do conteúdo desgarre
E converta tua marcha ao meio-metal
Que compra qualquer perfil
E, arrematado, o escravo sabe
A arte te deve tudo
Ainda que o conteúdo
aceite a extrusão

Ilha,
Travessas de água filtrante
Intrusa faixa

Impossível
O impossivel é o que vemos
entre o desembarque dos que
estão sonhando e o zarpar dos
que acordaram agora

06.05.1984

Intruso,
A vida te devolve
Ao tédio, que nos anima
Ao ar carbônico,
da permanência
Na boca que fala
Na escuta mútua

Júri,
Destino transitório dos intermediários,
distância inexata do meio

Morte,
seiva
da interação,
unidade
irretorquível!

Mundo,
Um distante, distante
Uma distância, e tanto
Adormecimento do sono, e só
Anestesia de passagem, e mais
Até que a recíproca seja intrusa,
Amealha-me

Terra,
Articulação continua
O leito raspado
Em rios sem fios
Em arado fino,
Cascalho grosso
Areias avenas
Retiras geografia dos acidentes
Colhes o presente no mar equilátero.

Tocha,
Te vi claro
A dança travada
Na réstia ígnea

Vidro
Transfiro olhos
E vejo a mancha
Exaurindo a plástica
Recolhida do endosso máximo

Zênite
Falha de horizonte

NEW JERSEY / SÃO PAULO / RIO DE JANEIRO
2006–2011

VIDA

Entropia
Plano
Infiel,
Solo
Ístmico,
Lente
Gretada,
Ruína
Lenta,
Lápis
Álbum,
Neutra
Ação,

Fator
Elíptico,
Lázuli
Sede,
Descida
Néscia,
Sumo
Cristal,
Litígio
Aéreo,
Sangue
Aposto,
Sítio

Ímpar,

Ala

dos nós,

Sens

Acta,

Reduto

Inexorável.

NEVE, MULHER

"Que propriedades especiais lhe pareciam a ele
existir entre a lua e a mulher."
Ulisses,
James Joyce

Sua particular capacidade
de dissipação,
a fragilidade
irregular da sua descida,
o poder de inebriar,
de convencer pela insistência,

tenebrosa frieza,
alvura à distância

pureza esfacelável,
gosto tênue e volúpia do acúmulo.

deslize tíbio
envelopar cândido
esboço salino ao solo

e crescimento mágico
de quem se embebe do degelo!

DURAÇÃO

A vaidade
Dura, especular

Há tempo que,
sem vaidades,
nada dura,
e entregar-se
ao durável.

Quem namora está atento
ao seu sonho apenas.

Destaca-se
na paisagem
o sedento
infrator da realidade

(como todo poeta)

Ávido, como todo escritor
Impaciente, como são maridos.

Entre amantes decência
Precisa ser ilimitada.
É tua boca
quando ascende à minha rede táctil,

Que é de pele muito fina
Completamente exposta

meu desejo supera o teu!
teu desejo
(acobertado por sinais de não)
diz sins

Não posso conter:
gasto uma lágrima

pelos sinais
da tua reserva!
No nada pedido,
menos ainda implorado,
no nada a falar,

mas um poema,
para contar
do amor que soçobra,
nas pernas céleres,
nos ímpetos caprichosos.

entre nós se casam.

saudade do que foi
e poderia permanecer sendo!

ABSOLUTAS

Linhas

absolutas

realçam

palavras

exímias,

esgrimas

táticas

toques-alvos

legítima defesa

de letras atípicas

silêncio

como

término

paz concorde

Entre iguais!

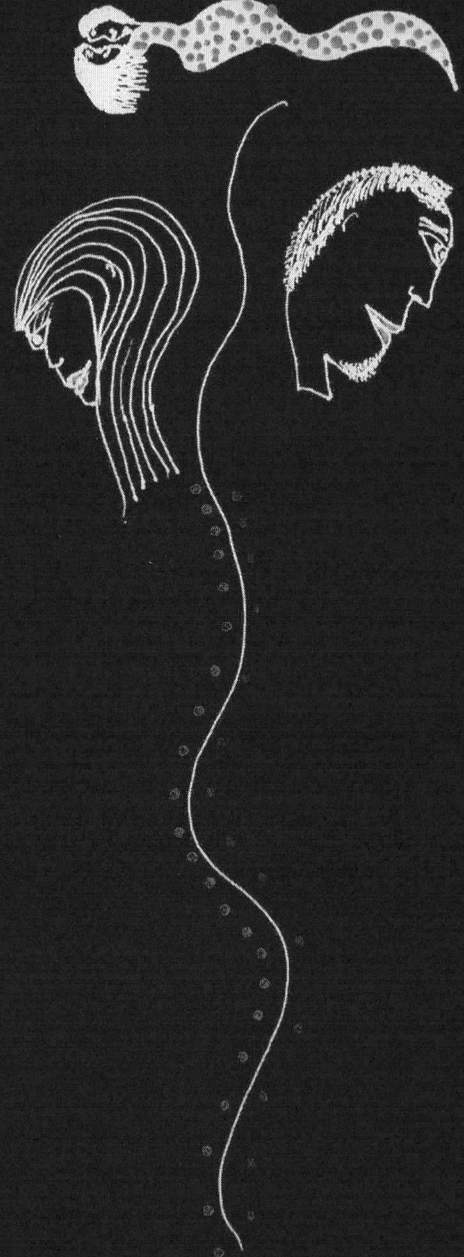

ESPONTÂNEO ÓPIO

ESPONTÂNEO ÓPIO I

O chá da casa
Deita-se,
na contagem das ondas de tabaco
A palha queimada como o fumador

Embebido de estetas
O paraíso flutua no zero

Zera, no corpo pesa como o orifício
Zera, na torre que sustenta os ícones
Zera, que a haste da ruína dura segundos
Zera, na fumaça que se estica até o véu da noiva

Na estrada que fluirá em teu pescoço por dias a fio
Até que a ablução ritual de nós dois deitados,
cesse
Para juntos,
Viver o mesmo fim.

ESPONTÂNEO ÓPIO II

Um dentre nós
Que testemunhamos o ócio
No momento em que ninguém enxergava a própria vida
Enquanto o conselho dos que só trabalham torpedeiam preces
como refrão "tua vida vale o suor dos teus esforços"

"tua vida vale pelo meu julgamento"

"tua vida será medida por trabalho"

e a maldição notificará a separação

estamos aqui,
sedados sob ossos
estendidos ao sofrimento

numa cama,

num pequeno quintal

não trabalhamos

não produzimos

vagamos apenas

claudicantes no delírio que espuma

pelos poros.

ESPONTANEO ÓPIO III

Não sou viciado,

Mas comi o pão do transtorno

E sabe-se que a vida do justo só será medida

pelo puro cal da instabilidade

Se somos vulneráveis, cairemos

E se a queda se confirmar,

Estamos juntos no que importa:

A aproximação para sempre.

ESPONTANEO ÓPIO IV

No final da noite,

Passado todo efeito,

Volto só,
para a casa que meus pais deixaram

A cidade mudou,

Eu, Não.

FÓTONS GÊNICOS.

Olhos na miragem atípica
Olhos seguidos de pão
Olhos abduzidos
Olhos que bordam
Olhos que gingam
Olhos de registros
Olhos entrecortados
Olhos em consenso
Olhos assoreados
Olhos mareados
Olhos terminais
Olhos de lápides
Olhos semipreciosos
Olhos defenestrados
Olhos assinalados
Olhos cativos
Olhos sem partido
Olhos lenientes
Olhos sem passivo
Olhos fendidos
Olhos glaciais
Olhos cúbicos
Olhos floculares
Olhos vítreos
Olhos ósculos
Olhos táticos

Todos juntos,
na rede de moinhos
nas bocas dos poços
nas águas irrefletidas
na gramatura do oásis
nos fotolitos apagados

nessas câmaras escuras,
estampas de negativos,
aquatintas leves
em pseudônimos abertos:

luz, foto do aposto,
aposta de começos.

Faça-se.

VI

Vi, homens de fundo,
maxilares rijos.
confundiam-se
com as normas.

Vi meus pés
na fumaça
das superstições
veláveis.

Vi,
Peças, tolhidas pelos levantes

Vi,
cidades assoladas pelo ócio,

Vi,
A magnitude dos desvios,
abolindo partidos,

Vi,
simulacros estéticos.

Vi,
passos lentos nos templos

Vi
ligeira agonia,
na escuridão artificial dos bunkers.

ERRÔNEO TEMPO

fim dos séculos
tabernáculo de restos
primeiros istmos
resistem ao signos,

concreto esfacelado,
desejo armazenado
eminência de transformação,
letras à mão

retorno às convicções,
lenta sucção
dos que acabam de respirar,

(já é meio acesso)
maias acesos

mas os degraus de areia
que nos circunscrevem
pensávamos tê-los
n'outro lado

(mesmo lado convexo?)

para afinal aportar.

E quais os termos da rendição?

uma modesta causalidade,
um distúrbio vestigial,
efemérides intrusas e inomináveis
em nossos erros de cálculo
artesãos já não vivem
(nem saberiam como)
mas cada espasmo
gera bangs.

tornamo-nos infiltrados
de nossos dias após dias,
até que armazenemos tudo.

DEUS É QUEM DELIMITA

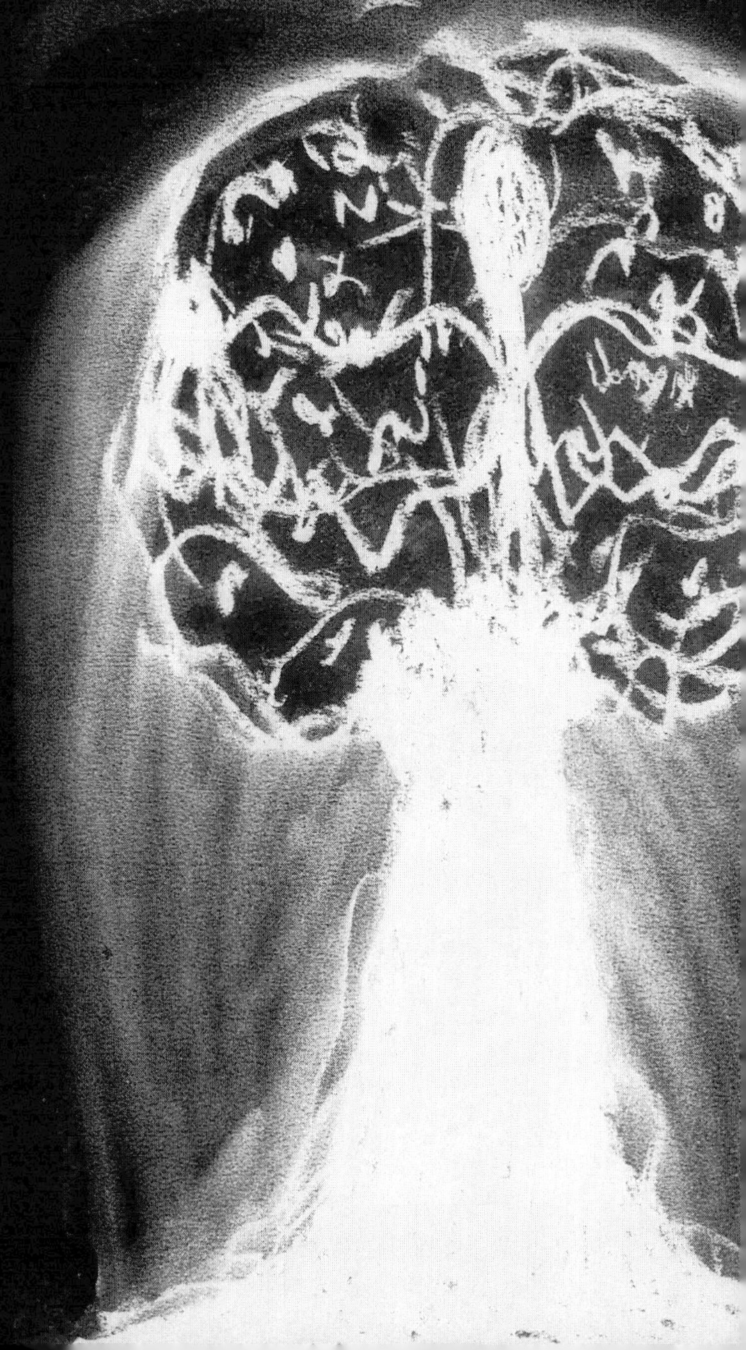

DEUS É QUEM DELIMITA

o juízo, e quem depõe
palavras.
Deus é quem manieta
a boca dos que evocam bem e mal
Deus é quem exige
a superação do princípio moral
e permite conquistar
a exclusão do óbvio

Deus é quem renova
e quem precipita,
é também quem rege
as reações.

Deus é quem dá visibilidade
às transcrições obscuras
através dos homens

Deus é quem dança;
e é sua dança
que pereniza o movimento

Deus é quem dança
e é a dança de Deus
que vivifica o momento

Deus é quem dança
e é a dança
que, sem mitificar,
glorifica o
humano.

Deus é quem dança
e é dançando que
Ele nos move.

26.12.1983

JUSTIFICAÇÃO DA EUTANÁSIA

Só aqueles que a viram
podem mirá-la.

Lá, perdidos somam-se aos mortos,

Nenhum dos que julgam ver
(incluindo os juízes)
podem presenciar
o ar parado da morfina.

Todos usam, instigam,
ignorando o significado,
apostando nas justificativas
clamando letalidade para quem sofre
e não pode expressar o que sofre,
e por isso
subjugados pelos vivos.

Obscura rede não emancipada
de seres que desesperadamente
querem fazer parte da história!

Qual História?

CONSAGRAÇÃO DOS FANÁTICOS

o choro dos que ainda não gritam faz-se audível
e o chão que imprime sulcos sobre nosso pés
ainda não geme,
o artefato da Terra ainda é o mundo
a água que submerge é ainda um plátano,
e a dança dos que endeusam ainda é um palco.

o solo dos imbecis é a consagração dos fanáticos
e a insipiência dos eruditos, sua curvatura incompetente
estamos entre várias mortalhas que se destinam
aos nossos irmãos vivos, e após cada imagem do futuro
as ondas de terror seguem-nos de perto,
e apesar de não estarmos insanos,
eles ficam loucos,
respirando o gelo que se desprende do mundo.

asseguramos a vida pelo limite,
e tal limiar usurpa a fundo
nossa perspectiva,
incluindo-nos na derrocada do mundo

e permanece símbolo
aguardando a grande ordem e sua sanha,
o pulo dentro dos corações
ditará o inesgotável ritmo da façanha:

adiaremos o fim,
e, se sobrevivermos
imaginaremos outro.

26.10.1984

DUALIDADE

Quanto menor o impacto
Mais flores gestará por geração.
Dual idade
No amido que gera papiros.

Qual estrela
estende brilho
em teu músculo?

Diante da razão, qual o destino?

No Shabat perpétuo
resumimos o corpo
no copo das sínteses
no pil-pul do xadrez
talmúdico.

No maremoto
deste mar, remoto,
que escolhi encolher-me.

A elucidação arrebenta arrecifes
Dissolve o flagelo dos sectários.

Consciência é hibridar
confundir valores
gerar transitoriedades férteis.
Estados intermediários

Maneira desproporcional
de velar sábios e videntes.
revelando doenças em biografias.

Atestando que toda obra,
qualquer criação é redundância e
afronta à oralidade possível.

a língua é feita
de oposição aos que falam.

Poesia é menos do poeta,
do que o poeta pertence à poesia.

Livra-nos (ao menos)
da falência dos ritmos.

Incorpora-nos à acepção da palavra
revertendo o estado
no qual felicidade
parecia o limite hermético da Criação.

A tonalidade e a própria cor eram parte de um
movimento que nos supre de finalidade.
Repetição da crença que desenvolvida
Que é pelo fogo que se aprende.

Afinal ver que só a eles
serve o momentâneo,
E, só neles, vida e morte
existem como duas senhas.

PALAVRA DO MUNDO

Palavra do mundo,
espera, viva,
enquanto nós,
o restante do mundo,
sedamos homens
com palavras de fora dele.

18 ELUL,

Mestre Do Multiverso
Que a saúde e o bem estar sejam reestabelecidos
Na Terra, em Teus Difusos Domínios
Que Tua Toda Presença seja agora percebida
Pelo tato, aquecida pelos sentidos do corpo
Guardada pelas andanças da alma
Que Tua atmosfera forneça nosso ar
E Teu hálito nos habite dia e noite
Nas viagens e no repouso
No trabalho e nos sonhos

E através de teus intermediários e transportadores
Que esta carga seja recebida com sincera aceitação
Que a resignação seja suave entendimento
Que Tua proteção ceda calor aos nossos dias
Que o inevitável seja revogado
Que a beleza e a realeza dispensem severidade
Que o mundo da Ação penetre no da Luz
Que as dimensões se fundam
E nas cordas infinitas, entrelacem nossa adesão a Ti

Não por Ti que nada precisa,
nada pede, nada demanda, nada exige

Mas por Nós

Por nós,
Pedintes endurecidos e impertinentes

Que Tuas bênçãos se infiltrem em todos
Que nossos poros mereçam Teu óleo
Que nossas vidas sejam destinadas
Ao propósito que, mesmo ignorado,
estejam traçados por Ti
No milimétrico compasso do Teu Império

SONORA
A magia dos cisnes

Oh rei!
Eu que amo, estranho,
que interessantes formas escolhestes para amar
Quantas passagens já não vos previ
Quantos estudos contra qualquer comprovação
Que esfacelam a intuição

Contar-te-ei tudo tanto
antes, esqueças a inversão dos meus lábios
esqueças que te deram uma vida anterior
pressupões somente desta vez nossas almas

Atraca-me agora no teu seio
conduz-me pela luz deste solo que solas
pela matriz de tuas delícias desconhecidas,
d u v i d o s a m e n t e
porque tu não só és desejada como tu és desejo
amas a possibilidade de concordar com o injusto
porque total foram as
maneiras que couberam em mim,
o jejum do que te preenche

Passeio é o cardume de forças vitais que trafegam pelo mundo

Não como harpas e violoncelos
que suspendem a consciência
e violam nosso arcos
até que nossos sons, lentos
supram os relapsos
com término violento:

odeio garrotes
odeio as cortes
odeio teus talhos
teus planos
teus anos
tiranos.

11.07.1979

A LINGUAGEM ORADA

À mercê da linguagem

Amplia-se o sufrágio inato.

consciência ignorada dos
minúsculos músculos
ilusionistas másculos
ou cultos
sobre
cada
gota de miragem — eflúvio de sinais,
meço teu gesso
mexo no que peço
despojar-te das esposas,
despe-te, dispa-se da escultura-moldura
este maremover-se envolvido às voltas.
herdeira és, que regenera gênesis,
sabra de jaula, cabra de caule
forma de talo, cabresto megero:
quanto em cada mundo sobra cobre
distinguir milhas no amido
que repousam as línguas milenares:
Crisântemos de Antares.

10.09.1979

CÉU DO NOSSO INCOMUM PARECER

valeria Tu, divina , que alimenta quem orienta, mas imprecisa
como Mona Lisa e mais sol que nossos olhos possa brilhar mais
o denso marinheiro mártir que seria, que é como teu corpo
um sopro de nivelar, um gozo de estar, um fiasco de lasca,
assim sendo teu esquilo como assobio, eu te vi, ali como
codorna devota das notas que antes de canção eram a
tocha das partes que tu arrebata, como a mata que permite o ser
entender, que seja comum como nosso açude amiúde mais
humilde que os porões da masmorra, acesas como a carne do teu
sentido, que traja vestidos de dupla união, e como saberia teu nu
anil que ereto deixava meu racional, que repleto esticava meu
coral, que desperto secava minha movimentação, como seria se já
Marias fossem tuas guias, vias de enguias, sorrateiras como madeiras
e fibrosas como lago que mergulhava a galera que por tamanha
espera, era condimentada clava de anciãos e bênçãos.
Assimila assim que vives como lendária não grega, sem nação
porque eram acordes do coração
cujo dormir
em rede, cedendo água que provinha
assim como a inicial explosão, de si própria. Meu
dizer penetrava externo

à meu ver, à teu ser, ao céu do nosso incomum parecer, podendo ter
um ao outro distanciando a turba muda, que suja,
seguiam duetos desarmônicos, afônicos ante o pedestal que repelia
o mal, não reprimindo contudo o resto, neutralizando os eternos
invernos, que gemendo à oração, derreteram
nossa agregação.
Se tu me visses
no teu arrastão,
eu seria o peixe,
e tu,
meu alçapão.

MÉTODO DE AMAR

MÉTODO DE AMAR

Era só mais um dia fosco,
e tua vida não podia mais ser medida,
nem dimensionada, contida ou revelada,
mistura de cabelo e cenário,
de volume e norma
de constância e forma
tua simetria me sondava à revelia
na pequena beleza que se dissipa,
um perfil que, misterioso, despista
a curiosidade assume, num anjo oblíquo
meu ofício:
contemplar sem pretensão de retratar
te perder, e me desviar, o método de amar.

1. Teu sol é de um silêncio
meio
Que permeia o jade,
de uma brancura inexata
que sepulta o meio,
teu sol é de um inexato jade
que irrompe em brancura
teu sol é de um sereno olho
que interrompe o solavanco
da luz,
e repõe no céu o brilho
que roubaram teus perseguidores.

AGOSTO.1982

2. Tantas fontes selênicas comparáveis ao cobre
espalhado sobre os corpos; a imóvel ideia instantânea
da mulher interpelando a suspensão do espaço no universo.

E mais queria tua vida, tuas flautas, orifícios cuja musicalidade
supera a essência sonora,
quero o vestido realmente nu dos
teus sentidos, emanados e admirados
com que minhas mãos costumavam, sabiam existir como vitais.

Que reconhecia tua partitura como
ser inconquistável.
Como licor de sabor afável.
Como a ti, adorável.

Amassem de adorar
adorada a dourada:
ensinar de cor: amor

não havia distância que os separasse
não havia matéria que os desunisse
não houve homem que não os visse.

3. Toda flor espraia-se na adorável capitulação do teu olhar.

Teus olhos são mais belos
Que o austero das torres
(que a dança dos ossos)
Quando é a luneta o instrumento dos teus olhos
Choro por quem não é por ti focalizado.

4. E não bastando apaixonar-me

A veste que me trouxe
nova caligrafia da nudez
e a irregularidade
do teu corpo
(junto com minha noção dele)

E me calo, e te desdigo
com o talco que é o atual
acróbata dos teus lábios,
sem ao menos conceder ou
vislumbrar o término das
poesias acidentais.
Ficam meus delitos de não saber ainda o fim.

AS FONTES SÃO REAIS.
O RESTO DERIVA.

5. Poeta martirizado,
sustentador
infusor de transe inalterável.

(a serpente aerando-se em imoderados movimentos)

Tetos que cachimbam o ar
com tabaco de mobilidade arenosa

(eu me cerco de olhos que não são meus)

Transteça e desvende.
Defende nosso genérico.
Transforme nossa mutação
em mister,
mistério.

6. Buscas mais que em literatura?
Queres que te fisgue num feixe?

7. A solidão é pó primal, vestígio de indivíduos diluídos, uma verdura de condição ignota, uma senda de resvalos descontínuos, que soçobra como o feno do ultimato, do relato herege que percorre a história como um corredor de bestialidades imóveis.

8. O sangue em volta da mesa era a prova,
E as denúncias do inefável
O fim, de todos os procedimentos.

9. Tudo que se tornou condenável
Pode ser superior ao que foi absolvido.

10. A palavra lavra
ara o ocre sal
circuncisa ser éreis
divina vina divis órias
tent ar levi tartara
tent hei de ser vi livre
perma nasço a ressure ação
viv post vida para parque ser
tu a mór te mar ti ficar rumos
um, hoje, Hum ano sé a tem poral e
fim alisar com amor her hair,
buscar ao sul um palco puro
purgar em Terra
ponte é quando liga
à sua fonte,
ao que me conte, ao que me anota,
quem me adota como filho
querer bem,
ame em mim o teu,
amo por ti o teu.

11. Quem saberá se os seres são pêssegos
E todos meus irmãos em calda vagam por ai?

12. A imaterialidade presente do teu corpo
demoliu qualquer expectativa de não te desejar
e reduziu toda espera e submissão
a uma calma de superficialidade grotesca.

13. There was no graphic for my mind
There was no traffic for my brain.

14. Oh poetas pagos para enganar
Oh povos massacrados por emissão
vossa luz reduzira a pó a Terra
Oh pintores esquecidos em vida
vossa ternura amargará a boca dos traidores
Oh artistas e profetas estrangulados
Vossa força vergará o infinito
Oh verdadeiros seres humanos
vossa meiguice atravessará o indesvendável

Pois o que cria, ostenta sua criação
E o que ama indescritivelmente
não abandonará os homens,
pois neles sua bondade compraz-se
e se purifica
através de todos os seres.

15. Dos teus gestos atuais
dependem os sais
da boca marefeita,
como querem tuas unhas
de quilate herero e gênio.

16. Sem dormir tua voz é mais curta,
mas possui entre todos os outros sons,
o monopólio da calefação do quarto.

17. E em ti andar minha outra metade
E de ti pisar meu outro olhão
Pulsar em mim o que já é universo
Oferecer-te o que estava oculto.

18. Consterne-se na atemporalidade das supremacias
que enxagues vapor
que leves luz à luz,
que tome para si o que te pertence
e desprezes o desprezo
de quem não alcança o que sentes.

19. Ao mesmo tempo, a grande trave dos
meus olhos torna o próprio foco das estrelas
perdidas em si mesmas.

20. Cada lua aborrecerá
a escala do céu
adormecendo a beleza dos
olhos que fingem absorvê-la.

21. E a nós, poetas ruidosos
Cabe orientação à ruína

(não podemos mais nos oferecer)
(esparramaram-nos as partículas)

22. As tábuas que nos dividem
Em chapéus, palheiros úmidos
Drenam, também,
os vestígios do teu esgotamento
Cancelam, ainda hoje,
a ondulação de vagas finitas
Voláteis nos verões abertos,
Que consolidam posições na atmosfera hídrica
Das plantações de estio quase aguado,
Às casernas de cantões úmidos.

23. Nada pode manter o pavilhão da arca sagrada
nem o repúdio aos povos nômades
nem as margens de igarapés enfurecidos.

24. Tudo que desprende energia não a gasta nem
a transforma
simplesmente a devolve ao seu estado natural
que é a
forma anterior de sua modelação

Braille de redomas náuticas;
Anátema de perfurações instáveis,
Cega vírgula de passagens literais
Zangões matinais de musas faláveis

Um cravo neste terreno
dá-me a noite de frágeis acrobacias,
piruetas de sânscrito amendoado,
E tal acesso aos trágicos minimundos,
varre as bordas dos sais estanques.

25. E cada pequena insolência,
cada mínima interferência
Corpusculariza o imenso,
dorme de uma inocência passiva, resignada,
disposta a incluir em odisseias submissas toda supremacia

Quem ouviu a grande voz que intervém no criar
que é o próprio crivo de leite e ouro das auras,
não se deterá na performance de destroços que
a humanidade exibe.

26. E o inverno tornara a pesar
sobre reflexos rubros
feixes de feitiços permanentes
oceanos de clara exatidão
o mesmo corpo que cria horizontes
uma homenagem ao conforto marsupial.

27. Louvado seja o antro que abriga
as contradições,
o pano das lutas,
que enxuga os
combatentes,
em intervalos
intermitentes.

28. Se o medo cessasse não haveria mais tempo.
Tudo se tornaria orgânico.
E a tatuagem irreal
que desencadeia teus laços com a vida
não se diluiria.

29. Guerras são posturas reciprocamente invejadas

30. Quantos não souberam morrer no conhecer a face do Messias
e agora integram a legião toda impotente.

Sempre que a profecia canta seu século de passagens
a borrasca apaga os veios,
vasos empurram as plantas
e as redes,
Caem sobre aqueles que se chamam filhos.

31. Cores dispostas na fala clamaram
a linguagem
propondo que extinguissem os medos
Porque a individualidade atingira
já o estado em que não se sugere
uma ideia, já que a incorpora como realidade.

Adentrara-se tanto no que acreditava ser o poema
que fixou-se ali,
sem a ruptura da genialidade como condição
divina eliminando e excluindo a hipótese de ser auto
gerada.

32. Não desapareces com aquela enferma terra
com que te lavraram
e és para mim uma testemunha do frio
que atravessa a Terra, em tudo.

33. A maré teve retrocesso,
mas avistando o arrastar no andar dos
homens, rendeu-se à Lua
e, já, independente do planeta que a orbita,
desce ao horizonte
(mas a pressão contrária tornou o dilúvio
a opção preferencial).

34. Nosso sistema não se integra
Nunca houve sistema
Morte e a poesia
São paradoxais
ao sistema.

35. NAUFRAGATA

Se algum pecado foi-nos cometido ou atribuído
leguemos a um ser a culpa pela nossa contorcida
noção de escrever.

Se alguma tela relatasse a metade da espera que a revolta
humana apregoa, sairíamos à nudez de nossa pureza e
a rigidez de nossa tristeza.

Oh quartzo
revestindo a
naufragata
cuja insistência era maior que o naufrágio
do sufrágio
que, pelo vento,
determina amor aos homens.

36. Nada se parece a isso
Nada se assemelha a nós
Entre os pântanos e os campos de cultivo
de castanhas permanecem nossos olhos, exatos,
em rígida reformulação do observado, recriando
a ousadia da pureza.

PRESENÇA DA AUSÊNCIA

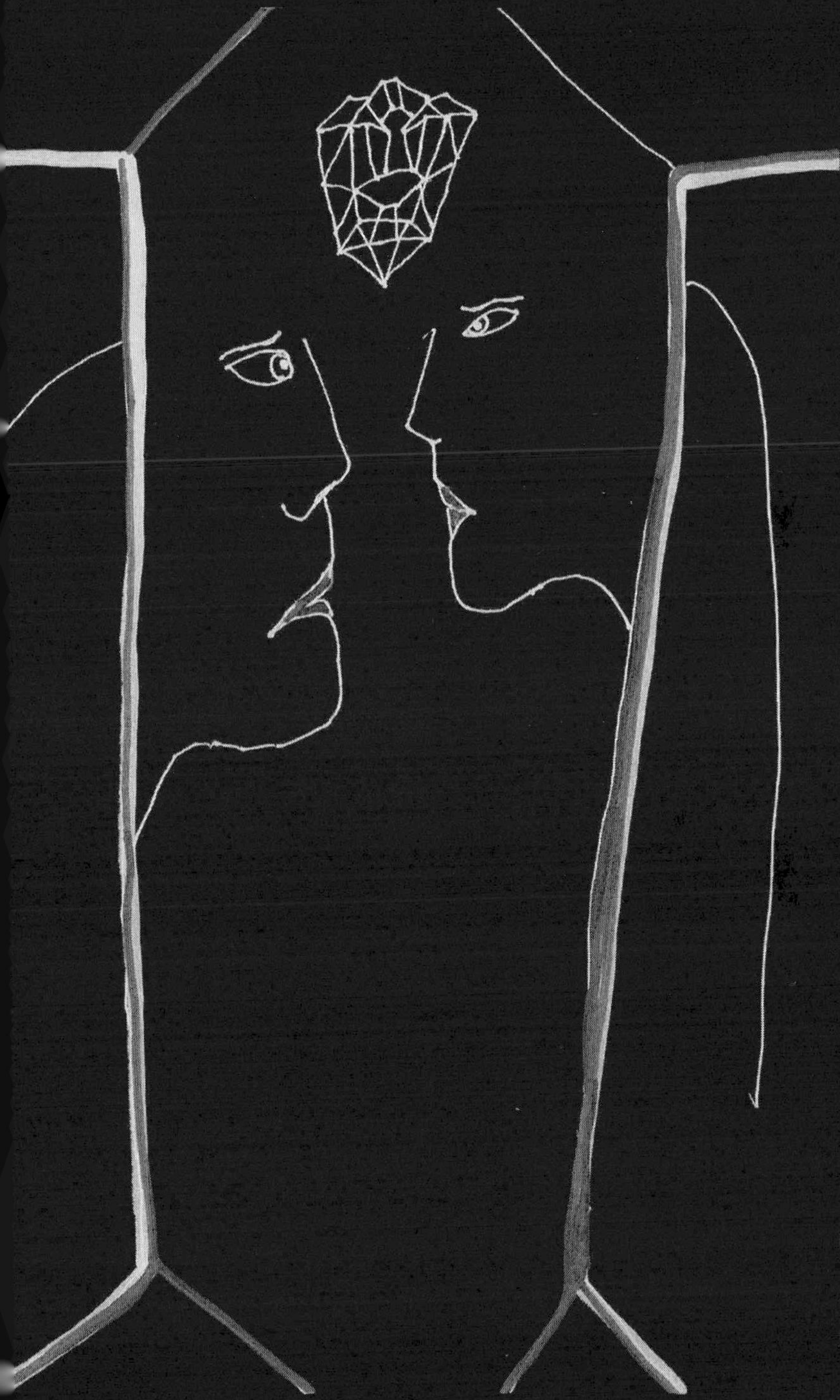

A SECÇÃO DE QUANDO OBSERVEI-TE

mais condições aos fluxos
Perdição no gomo absurdamente
possuído por ti

que referentes das canalizações
nas esferas que encharcam
teus lóbulos

(dançando, não me abrigaria
da cor mortífera que hostilizava-me
o sentindo individual)

ou coletivo retardamento
da restrição

mais...
química em evaporação

CRASE

Queria dizer-te, sinto,
a poeira te arremessou
nos massacres, nos pogroms
na bravura inválida
da Varsóvia em batalha.

A equação, fração em desnível
Lúpulo nas unhas, Joio e trigo,
lolium temulentum
separados pelo tempo

O destrato fez-se dicionário,
esmagou os poemas, fracionados
intelecto de suspiros
nos suportes esticados

Não é pedra, não
estamos compondo nada
e se não é pedra, nem aço
são décimos de avos sonoros,
para cotejar o espaço

música de fundo
mímica de marés,
Malhas aéreas

Vigas que exortam indagar
O preço do percurso?

Na matemática das sensações
orienta-nos pela disputa
que, como a seca e o lamento
desfaz seus retirantes
na consolidação do tempo

Soçobram infiltrações
gelo extinto dos vinhos
Inexata espécie,
de índios calados
deste império imanente
a noite que o dia soprou
à crase pertence.

Iremos, até que se difunda
Até que se confunda
O que fazemos
Com o enxerto de desejo,
nos outros

BRASÍLIA

LINGUAGEM

Lupas de olhos
atendem cada estrela
e sem som descem,
aos entraves de nebulosas

Sem tempo,
o único papel humano
é estar no atalho de luz
medindo distâncias não calculáveis

Ao meio dia
noites figuradas
entre sombras,
diagnosticadas
como caos

Estamos cá como
metas acessórias,
efemérides intrusas
estalidos curtos,
de densidade aérea.

Massas insurgentes
não podem calcular
léxicos, logos ou limbo.

As locomotivas grudam
nos autômatos turvos
e nas terraplanagens vulgares

Estamos no meio do típico
dia sem fim
no meio do atípico
desdém
presenciando a trapaça incipiente.

é desta posição que falamos
não clamamos, não capitulamos
mas em pé, na honra vestigial
nos colocamos como ouvintes
para além da seleção natural

Estamos aqui,
como recortes sem congruência
loucos por expressão,
mas, nem tentes,
o resgate seria em vão,

como árvores não classificadas
e minerais sem existência científica
somos o não comprovado

Ligeiro em palavras
É nossa vez
de viés em viés, nossa voz
está bem aqui, presente
o destino traçado no sonho
anexo no embarque
e no palco, frases curtas
retém a inspiração para dobrar,
de vez, o respingo da origem

Na véspera dos ultimatos
do exílio extinto,
nosso último rascunho
neste solo oblongo
que são livros
ainda não escritos.

CÉU ABUSIVO

Tua boca some
Na transparência
do céu, abusivo

É a dança
atravessando o sacro,
Da linguagem

Fui como arquivo,
De sons desditos

Um metrômetro que toca
Nos dedos, sem digitais,
O sopro do piano
No final das esculturas.

PRESENÇA DA AUSÊNCIA

E cedo, e eu pude olhar tua boca acesa entre as artes tardias.

Tua sede de instantes, reverso macio entre nossas peles.

Então amanheces à luz avessa, escondendo na matinal e
solar imperícia do ciúme.

O destino trafegava no sopro das inversões,
na sede das frações e tua ira, tardia, onde juntos, em
desespero, movemos as letras,
enquanto tua ausência vela minha presença.

Tudo, para te dizer que meu soluço
não é salva de remorso,
ou ressalva à tua permanência

Teu teatro sobra nas margens e,
minhas artimanhas já não te ilustram
e nada,
— nem tua forma — merece volta

Já vivi em ti,
E sem que te dês conta vives em mim
e é assim que a morte será consumida,
quando, esgotada a vingança
Assumiremos, esperança.

UMA CAPITAL

UMA CAPITAL

I

Levantes moldam teus rios

entre versos brancos e
estatuetas inacabadas,
sobressaem panoramas,
e dias encurtados,

os véus desatentos
acompanham edifícios
a orla das sombras,
habitantes, concreto e ofícios

momentânea sanguessuga,
espaço de recantos
hexágonos enxutos
amontoam-se exíguos

Não ouso
chamar-te Babel,
nem te comparar à luz de
uma Jerusalém modesta.

Antes,
espero tua carga
que envolve linha de hemisférios,
repouse nos reflexos do sul
Cara e pesada,
dígitos de forja automática,
(mais uma alusão
ao teu comprometimento)

Não te pesam as hastes de vidro gelado
na qual ostentas orquestras inteiras?

As asas inflectidas corroem em lenta ofegância, tantos
poemas,

E a maldição em curso?
Propõe-te trégua?

Quem sabe embates menos desiguais?

És tu?
falsa modernidade
em roupa de provinciana aldeia?
Aonde irá tua água deitar
(e antes da oferta)
quando tua sede esgotar?

Aonde iriamos se os pulmões dos teus habitantes revelas-
sem
o que julgas o grande mistério!

Ah, Cidade!

És assim tão estoica?

Qual boca te turva
sem antes colher franjas
de arestas endurecidas?

Emudeces a maioria
e vens,
sempre,
com tua pacífica ausência e oceanidade
adormecer os olhos que te cansam!

Não moras em mim contudo.

Segura supremacia,
poemas de ausências,
majestade de plurais

Parque de Verona!
Como podes ser místico e indivisível?

Como podes despertar consciência naqueles que narcotizas?

Mas justamente,
a intoxicação surpreende
pela modernidade da dúvida

II
a plasticidade anacrônica

Temes ver-se agora?
Sem o feltro que te isola?
Danças com mesmo ritmo
que embrulhas
o suor da tua fronte?

Cada passo,
gera incompreensão
que se espalha, entorpecendo os habitantes
com solenidades sem prioridade.

A constância é
desordem!
Será que te lembras?

Meu dedo apontado
à imagem calcinada
em teu rosto.

O resquício da alma,
pela qual atualmente pulso.

III
Labirinto de miniaturas

Em sonhos,
faz de cada lã,
ovelha nunca vista.

Engenho de selvas tímidas,
sobressais imanente
nas esteiras de porcelana
suspensas em espaços exíguos.
Tudo que tua mão veste,
gera escravidão voluntária,
haverá saída?
reconhecimento pelos caídos?

Nada se vê nessa fuligem
que afeiçoa-nos às espécies
tão imperfeitas quanto humanas.

Seria a causa da devoção?

Para cada gentileza que ocorre,
sobra medo e isolamento!

Nada liberta, sem, antes
domesticar mais!
converter agressividade em deleite,
nos tornar distraídos
uns com os outros.

O fôlego percorre tua flora desatenta, escassez que fala em servidão
por ecos homogêneos.

Cada mulher que te habita
É espuma de cílios abertos,

Geras brutal e masculina pilastra que flecha multidões entretidas
com contradições.

Quem afinal te habita?
Percorrer as linhas,
labirintos de miniaturas,
cordas de silhuetas nervosas,
por onde escorrem milhões de canais e vestígios de maré perdida

Retivemos a Dor,
retrocedendo aos que te perderam.

Viajaremos no Cáucaso dos trópicos,
Perfurando redes letais.

Desfaremos rebanhos
das tardes endurecidas,
em cosmos geminados,

Universos implantados sob
as amarras do cânhamo

Essas que são embarcações
Entalhadas no espaço intermediário.

Ofereceremos fendas
que envolvem as mãos
para despertar tua face de
gelo convicto.

E aos olhos dos habitantes, estupefatos,
(na corrente dos pontilhões aquáticos)

Veremos a insônia incurável que é.

Tudo te circuncisa
alimentando religiões abstratas
no vértice dos dias e das alianças.

Cidade de enxertos,
clamas pelos que jejuam,
mas não os alimenta !

Tua imagem,
reflexo da desfigurante geometria

E faz encostas andinas
tremerem pusilânimes.

IV

Durante teu reinado americano a incansável tirania foi refeita
por margens em poemas pérfidos
que ridicularizam tua dor,
nas festas de superfície.

Teus habitantes egressos:
índias desbastadas por planaltos

Conexões, referendos e plebiscitos
gesticulam na ponta das línguas

Clamando pelo sangue
de prisioneiros
aprisionados.
De velas bastam os sóis redundantes.
Ou fractais entalhes dos caprichos que florescem entre vielas,

nas famílias de idiomas mortos
nas expressões nômades, curtas
na marchetaria gutural

sangras agora,
sem nos embotar com o plasma,
que continua a circular
em serena fase final.

Manches nas entradas
que, desimpedidas,
levam à prisão

FUROR DE ALDEIAS ERGUIDAS

O grande ensaio nos espreita,
como vírgulas inexatas.

irradiação de manhãs
projetando sombras carnívoras.

Compenetrado,
Desço à vela
diante do cansaço indetectável dos barcos;
vales de vagas perdidas,
pulsão de pactos não pronunciados.

Oscilações alternantes,
Ditados instáveis
Ligeira espessa lisergia
Alvorada tórrida,
de sono e astenia.

Cadeia de minérios
portas espalhando pernas de diva rígidas,

Perigosos estados
Que esvaziam o frêmito vulcânico
ainda ativos nos céus.

Promessas irreprimíveis (inadiáveis)
em pinceladas amarelas,
sempre a refração cúprica
torneando réplicas em cada fresta,
penetrando nas cúpulas dos manguezais
afastando a dor que nos configura!

Leme de redomas.
catapultas de clivagem,
igarapés satélites.
Repetição de indizíveis observações,
da dança de adjetivos,
só mostro janelas
que ainda sabem dizer.

A morte,
percurso ávido,
que se atira aos pés da arrogância.

Menos o fim será delírio.

Lógica é totalidade inacabada,
que se precipita testemunhando
negações dos salmos,
logos passageiro,
ensaios burlescos.

Devota ninfa:
arrenda-me os braços,
sopra no remo dos impulsos
à maritimidade exposta,
gêmula,
semilha de tapas.

Gaivota linfa:
plácida nas mãos adormecidas,
nas gotas de esponja, desaparecidas.

Traduzindo
o quebranto dos vícios
o licor de aromãs

Quantos leitos secos
Em letras calcinadas
corações de pele errônea?

Berços incansáveis,
De tratados indefinidos.

Essa mão tece sobre o pano
mais que o peso ósseo dos metais

levantando-se na irreverência eterna, desalinhando as crateras do conforto.

leviatãs rígidos,
faustos semierguidos,
mitos e criadores de mitos
negando todo helênico,
qualquer macedônico,
todo panromano.

Mais uma grande légua
que amplifica a passagem
em traçado continental
de nitidez insolúvel.

Uma ou outra Pasárgada de frequência,
faixas em deleite com sensação de perpétuo,
aguçada pela salinidade.

Açucarados pelo rio:
feixes matizados de água
que se multiplicam
sob a dureza mater

Rara latitude de manifestações
entre cantáridas enclausuradas.
gerânios desfiando redes de mirtas
floradas borradas nas frestas
berílio inativado pelo estanho

matéria ante matéria

Que venham todos, negros,
e carreguem o ônus cênico,
que consome da alma,
a individualidade,
e faz dela,
tácita laminamparina.

Estados que vagueiam, cínicos
Cientes da exclusividade
Da violência contra todos
Enquanto, separados da compreensão,
fundimos missivas anárquicas com D-us.

Porque assim velo
pelo falante ilhado,
separado do golfo
e do grande arquipélago
no polimento
das águas eréteis,
que tombam sobre nós.

BAHIA
ITAPARICA
1978

ÁRTICO

O ártico instável
acomoda os ganchos
cadeias
que ofuscam o sincretismo
das instabilidades simbólicas

na ordem invencível
na fôrma sem forma
no novelo das gramas
no desvelo do relevo
na rota distintiva
na reta vicariante,
nos teoremas sem sinal
na consequência vestigial.

JANEIRO.2005

CORDILHEIRAS

Hemisférios austrais
teus habitantes enrugam o degelo.

Um percurso de desvios
D'águas represadas
De sangrias do continente

A aventura americana
tem sido contemplar
fazendo passagem
para sonos

Até que não haja mais
sobreposição ou linguagens econômicas
até que as experiências linguísticas
(curtas, longas ou finitas)
sejam compreensões concisas

A cordilheira enruga a terra,
tensiona a crosta
foge da superfície
nos vinga da inocência temporal

Passamos aos projetos
recusados pelas ciências duras

nem nerudas, nem andrades
Estamos sós, em meio à lâmina sensorial
que nos divide entre a
fluidez promiscua dos significados
e a tocha do real.

São as dourações
(de fim de tarde em voos)
que nos retém no mundo

E estando nele
dizemos aos outros que montanhas,
nuvens, gotas
são visíveis para poetas
e ainda que vaguemos entre as pedras
e nada aprendamos com a estática,
filtramos do poema o cerimonial
sua irritabilidade ordenada
forjada junto com sílabas,
fonemas e hiatos
em videiras sem nervuras.

Atravesso-te
esquecendo da modernidade
Atravesso-te
na latina idade da desrazão
Atravesso-te
como quem usa o destino na esperança passada
Atravesso-te
Ainda que me digas: — Desista!

Atravesso-te
Avesso aos remos políticos
Atravesso-te
Como projeto e não como desafio
Atravesso-te
Sem reparar na infiltrante desertificação
Atravesso-te
Ainda que tenhas assoreado marés
Atravesso-te ao ponto q
Atravesso-te
Duvidando da altura do trapézio
Atravesso-te
Acima e abaixo, do hispano ao marrano
Atravesso-te como vício e não epopeia
Atravesso-te como a expulsão dos lusíadas
Atravesso-te, rígido, como judeu marcial
Atravesso-te como médico em cartadas geográficas
Atravesso-te como náufrago de andar térreo.

Cordilheira,
praia floculada
que retém os dispersos

criando rotas futuras
neste planisfério
de pretéritos,
a história

POEMA EXCEDENTE

POEMA EXCEDENTE*

Instável, é como defino o agora. Instável, o que vejo lá fora. O cenário não procede. Não sei se é por isso, mas o pertencimento faz cada vez menos sentido. E se essa for minha identidade? O permanente não pertencimento. O direito ao isolamento. O não alinhamento. E se o poder for o fator de nosso esvaziamento? O estado dramático que infantiliza. Que escraviza pelo medo?
Um espelhamento hostil que desagrada. Estamos saturados de sonhos cortados ao meio. Esfacelados por um perigo oculto. O proposital rastro de opacidade. Cegos pelo infinito desleixo. E se só não desejarmos mais fazer parte? Tomar partidos? Recusar as conclamações? Facultem-nos não opinar? E se as minhas percepções não precisarem de respaldo? E se fossemos menos atentos?
E desligados, cedêssemos espaços à alienação. Razão pura e sentimentalismo puro se esgotaram. Na mesma nau, remando contra mares distintos. Embarcados de improviso queremos descer dos desvios de finalidade. Dos privilégios de consenso. Das instâncias superiores. Das nomeações de réus. Não enxergamos união onde ela inexiste. Melhor explicitar o conflito. O realismo imediato. E não é para todos. Com a melancolia antecipada, oscilamos na adaptação. É sôfrego enxergar; mas nas horas decisivas, a responsabilidade é indivisível. A decisão, isolada. A ameaça, corrente. Empenho e aposta. A forma e a resposta. Temos

uma exclusividade, recusamo-la. Uma oportunidade, desperdiçamo-la. É justo condoer-se com a miséria e divergir na terapêutica. Relutamos, sem notar que há vida. Não há futuro sem o instante. Não é possível sofrer adiante. O tempo, vigente, o único presente. A política não define ninguém e as etiquetas nunca mostraram vanguardas. A justiça pode não estar com o poder. E todo inconformismo, no vir a ser.

JANEIRO.2005

**Publicado no blog Conto de Notícia (Jornal O Estado de São Paulo).*

AVESSOS

Mural sopra nos aterrados
Rios tributários
em mãos que desenham a foz.

É teu esse plano inexato
Que nos fez decidir pela ilusão

Pelo gosto assombrado
que decidimos partilhar

Por músicas
Trovas tônicas
Paixões impopulares

Que o avesso
nos arremesse
nos reinícios

Atrevimento terminal
poder de migalhas
que o avesso
nos atribuía,

marcas d'água
que nos cegam
aos outros.

MONTEVIDEO
26.01.2006

GAIOLAS IMANENTES

Até a resposta do Mergulho:
silêncio ou barulho?
Renegar a pressa
Para aqui, inteiros
Lançados na luta,
a princípio, perdida
conter a dispersão permanente
recusar a condição persistente
aquietar-nos os murmúrios
Preso no sonho
Das gaiolas imanentes
No forro da memória
Sopra, agora
Oscila, impermanente
Modula, afora
Embora o mundo
Imponha incondicional rendição
Que se fixe atenção
Num existir sem imposição
Na Negação do estilo:
Notar, enfim, a distinção
colossal mas discreta
entre efêmero e efemérides,
processos e meta.

INEFICIÊNCIA DOS LABIRINTOS

lamelas de sombras
interpenetrando-se
(sonhos em Bengala)
as revoluções sendo substituídas
pela fixação em nada
párias descobertos

a realidade do desconhecido
tumbas úmidas nas
frestas de muros incautos
murmúrios agudos
repercutindo a ineficácia dos labirintos

atear-se ao nada
"logos" rapidamente inundado por manifestações
automáticas
insurgem-se legião de inanimados
na manipulação dos instintos
espelhados em universos não criados

a mesma montanha
remontada a lugares sem terra
no ritmo de um novo,
e irrefutável degrau poético.
que cai, e, caindo, expõe
mulheres compostas fora
dos homens

ELES DIZEM

Eles dizem que o que eles dizem é o que eles dizem,

No entanto,

Quando eles dizem que o que eles dizem é o que eles são,

é possível dizer que eles não sabem o que dizem.

CALIFÓRNIA
SAN FRANCISCO
2014

ESSE FOGO

Nada trazes e é esse o fogo
Que impugna a força da maré
Ela desce,
sem sinal de movimento

12.08.2016

GELOS SÃO CUBOS AUSENTES.

A poesia é mais incurável que a dor,
a persistência da primeira exalta a segunda.

POSFÁCIO

O SHABBAT PERPÉTUO DA POESIA

Nelson Ascher

Paulo Rosenbaum publica seus poemas agora, depois de se firmar como romancista. Mas sua ficção não antecede os versos, que têm se formado e acumulado desde antes e, em seguida, concomitante, paralelamente à prosa. Vê-se, no entanto, que se trata de uma poesia que, embora não seja a rigor o tipo de complemento poético menor que não poucos romancistas gostam, sem maiores ambições, de ensaiar de quando em quando, e pelo qual acabamos nos interessando porque apreciamos o grosso narrativo de sua obra, ainda assim é uma poesia visceralmente ligada à prosa do autor.

O que a liga a seus romances são tanto determinadas preocupações, que, mais que temáticas, revelam-se obsessivas e obsessivamente estruturantes, quanto o apuro vocabular e sintático, apuro esse que, entre os que, no país, chamaríamos apenas de poetas, rareia já há algumas décadas, sobretudo com a desculpa relativamente simplória de mimetizar a falação coloquial ou com a detestável de que se está experimentando vanguardisticamente acima ou além das normas da linguagem ou das regras do jogo.

Na verdade, Rosenbaum não transgride lei alguma, o que não o torna, contudo, um conservador ou conformista. Antes, à maneira dos grandes advogados, ele se diverte com as própria leis, fazendo com elas o que bem entende, pois sua disciplina de narrador o adverte desde sempre que rompê-las a esmo, por niilismo ou ignorância, equivale também a romper um contrato tácito de comunicabilidade com o leitor. Nem por isso sua poesia deixa de ser, entre outras coisas, o espaço onde ele se permite fazer tudo aquilo que as imposições da trama e de seu andamento bem como do grau escolhido de inteligibilidade o impedem de fazer nas páginas de ficção, o que, consequentemente, dá-lhe um caráter lúdico.

Só que o lúdico aqui contrasta estranha e produtivamente com as tais preocupações que movem o poeta-romancista a escrever. Seu ponto de partida e de chegada, suas preocupações, obsessões, ansiedades, suas dúvidas e certezas têm todas a ver e não poucas derivam diretamente de o autor ser judeu. Não judeu enquanto o seguidor de uma religião, que acredita numa divindade individual, em verdades reveladas, que acata uma série de normas e vive de acordo com tudo isso. Judeu enquanto alguém que está no mundo com uma memória que remonta a vários milênios, que se sabe mal e mal tolerado por boa parte dos demais mortais, e que não tem escolha salvo o de se indagar ininterruptamente a respeito de uma condição que, se bem que inegável, tem muito de inaceitável e de indigesto.

Quando se fala de literatura e especialmente de poesia judaica, quase sempre se pensa, com razão, em tentativas mais ou menos bem sucedidas de abordar o Holocausto (ou, em hebraico, a Shoá) e lhe dar algum tipo minimamente "palpável" de forma verbal. Quando se fala, aliás, de ficção judaica, a imagem que vem à mente é, seja a história de um penoso deslocamento geográfico, geralmente as peripécias do binômio emigração/imigração, seja a das peculiaridades, às vezes saudosas, às vezes claustrofóbicas, da vida numa comunidade mais ou menos fechada em si mesma e relativamente isolada do resto da população. Mas, assim como os romances de Rosenbaum não se circunscrevem aos estereótipos, tampouco seus versos correspondem ao esperado.

Moderna que é e também arcaica (assim como a própria condição judaica), sua poesia não pode deixar de se afirmar questionando ou questionar afirmando-se, vale dizer, ela é (não só) metapoesia crítica. E o que aplica a si mesma, aplica a todo resto. Mas de que maneira? Bom, recentemente em Budapeste, conversava com um funcionário graduado do meu hotel, que elogiou meu húngaro, mas, quando ouviu meu nome inconfundivelmente judaico naquelas paragens, sentiu-se decididamente embaraçado com isso e, tentando disfarçar sua confusão, comentou que sei lá que rabino de sei lá onde também se hospedava ali. Fiquei até com pena dele e, por isso, não lhe respondi que eu não conhecia (nem fazia questão de conhecer) nenhum rabino pessoalmente, mas que a maioria dos judeus com quem convivi eram engenheiros, médicos, cientistas, economistas, professores universitários de disciplinas rigorosas etc. Paulo Rosenbaum é um desses, e tanto suas afirmações quanto suas indagações assumem justamente um caráter minuciosamente analítico, informado pelas ciências positivas. Afinal, é nisso que deu a longa tradição de discussões talmúdicas. O escrutínio, portanto, a que ele submete a poesia que escreve, conforme a escreve, estende-se para as mais diversas dimensões da vida individual e coletiva, rumo à história, ao mito e ao próprio universo natural:

Contive toda poesia
à mercê das letras
fixado no tônico
iludido pelo áfono

Na espera de combustão,
No horizonte de eventos
alcançamos as beiradas
soleiras cansadas sobem
no ritmo das explosões

desconfiar dos cardinais sentidos,
desafiar arcádicos e concretos
rejeitar românticos
morar em silos literários
remoídos pelo vento

(...)

Por trás das tintas,
abalados pelo foco nos sentidos
pelos poemas que acabaram de seguir,
em naves, como rastros de testemunhas.

(Eclipse de buracos negros)

No nosso mundo contemporâneo, no nosso mundo que já praticamente se esqueceu que, meia-dúzia de gerações atrás, ainda éramos tão neolíticos, tão umbilicalmente ligados à terra, à agricultura e pecuária, quanto os protagonistas e autores da Tanakh (pronuncia-se Tanach), a Bíblia Judaica (da qual o cristianismo se apropriou, rebatizando-a de Antigo Testamento), louvar Deus ou celebrar simplesmente a existência, regozijar-se em um e/ou na outra, em suma, compor salmos de reconhecimento e gratidão é algo que se faz, antes de mais nada, por meio da razão emotiva/emoção racional vazada numa linguagem tão analítica quanto carregada de simbolismo. E, se a prosa narrativa equivale, à sua maneira, aos seis prosaicos dias de trabalho semanais, o que Paulo Rosenbaum nos oferece neste livro é o proverbial sétimo dia da criação, aquele dedicado a um repouso dos músculos, mas não da mente, e consagrado no nosso tempo à louvação às vezes angustiada, mas sempre especulativa e analítica, ou seja, valendo-me de palavras do próprio poeta-romancista: o shabbat perpétuo da poesia.

Outubro de 2017

Texto e desenhos de Paulo Rosenbaum

CONSELHO EDITORIAL Alencar Fráguas Perdigão
Cláudia Masini
Luciana Tanure
Thásia de Medeiros

REVISÃO Luciana Tanure
Thásia de Medeiros

CAPA — CONCEPÇÃO E DESIGN Marcelo Girard
Pintura de Nilda Raw (óleo sobre tela 2017)

MIOLO — CONCEPÇÃO E DIAGRAMAÇÃO Caroline Gischewski

CATALOGAÇÃO NA PUBLICAÇÃO (CIP)
BIBLIOTECÁRIA RESPONSÁVEL Fernanda Gomes de Souza CRB-6/2472

R813

Rosenbaum, Paulo
A pele que nos divide: diáforas continentais /
Paulo Rosenbaum ; ilustrações do autor. – Belo Horizonte :
Quixote+Do Editoras Associadas, 2017.
340 p.: il. p&b
ISBN: 978-85-66256-17-8

1. Poesia brasileira 2. Judeus – História I. Título.

CDD: B869.15